S P R I N G

每一本好書都是一顆種子，
春天播種在你的心田夢土上。

Spring

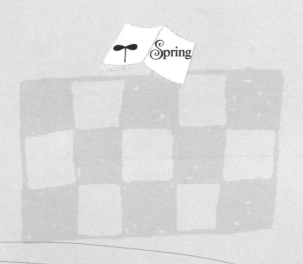

S P R I N G

每一本好書都是一顆種子，
春天播種在你的心田夢土上。

Spring

貓
爱上幸福

魚
怎會知道

愛情的本身就是一種精神官能症　一旦患上這病　連貓和魚都會相愛　還誤會能有幸福的可能

偶爾的逃跑是必須的

變成大人之後有個壞處是，想蹺班的時候，通常很難找到蹺班伴，朋友們各有各的忙，找同事一起蹺又太囂張；完全不像學生時代，只消踢踢前面同學的椅子，或者發封簡訊：老地方見，十分鐘後過來。

三秒蹺。這是我在最後的學生時代，班上同學每天上課時期待見到的戲碼：教授轉身寫黑板的三秒鐘不到，我就蹺得一乾二淨。

想要逃跑的蠢蠢欲動。

有一陣子我心情沒道理的低落，雖然白天依舊在辦公室裡說說笑笑，可晚上回到一個人的套房時，總是喝著紅酒默默流淚，而且還不聽音樂，最要命的是，每當這個時候有朋友打電話來，我還是照樣正常應對、說說笑笑，完全聽不出來是個正在流淚而且有點喝茫的人，要命！

想要逃跑的蠢蠢欲動。

然而那天，當我跟自己宣布低落已經達到飽和時，我發了兩封簡訊邀請朋友一起蹺班、結果得到的回應是：工作忙、難走開；在那個當下、我突然好像有個什麼懂了。

發了封簡訊向老闆裝病之後，踢掉高跟鞋、我換上最輕便的衣服，然後搭上前往新北投的捷運，一個人。

我決定賞自己個蹺班假，在空盪盪的餐廳裡、吃他個優哉哉下午茶，在懶洋洋的溫泉池裡、泡他個暖呼呼溫泉，洗掉這陣子的壞心情、弄也弄不懂的沮喪感。

一個人的逃跑，暫時的離開，完全的放空，比想像中的還容易，還自在。

「妳這輩子有什麼遺憾嗎？」

走在飄著雨的北投街道上，我想起那天他問了我這個問題，而當時我的反應是快快的否認：「沒有。」因為想要的我都有了，而沒有的也不是我想要的。

但結果我發現我的正確答案應該是：

「我很遺憾花了這麼久的時間，才發現原來一個人的逃跑比較好玩。」

並且：

「親筆寫給你的要幸福，不是在耍浪漫裝可愛或者其他什麼的，而真的真的希望，你、要幸福！」

橘子

≫第一章≪

之一

2:14－！

真是SHIT！

眼看著開會已經遲到了，結果手機卻又不曉得忘在哪去了！

沒辦法，出了捷運站只好趕緊找了個電話，打查號台問了公司的號碼，經過囉哩叭嗦的轉接以及幾乎就要教人失去耐心的等待之後，老巫婆的聲音終於出現在我的耳膜。

報上名字，隨口我謅了一個理由，才想趕在她發火之前先保證半個鐘頭內絕對趕到時，老巫婆卻冷淡的先反問：

『今天的開會取消了妳沒接到通知嗎？』

沒接到。

我沉默，沒有回答，接著就成功的把老巫婆惹火了。

我沒忘記她向來最討厭的就是我的沉默，但我也不常記得就是。

『曉心從昨天就一直找妳找不到，妳買了手機是為了要關機用的嗎？』

我高興。

還是沉默。

『妳人已經在台北了？』

我從昨天就在台北了，不過干妳屁事。

我還是沉默，沒心情也沒力氣更沒必要解釋；心想反正她火都火了，索性就把她氣死算了，這樣至少還有個人會開心一點，那就是我。

『改成明天開會，E-MAIL裡面寫的很清楚，天曉得如果妳還記得有E-MAIL這東西的話！』

電話掛斷。

暴力式的那種掛斷法。

媽的妳以為妳誰呀！

摔了話筒之後我簡直是惱得想要殺人，在心裡飆完所有我想得到的髒話問候老巫婆，最後以祝福她生兒子沒屁眼作為句點之後，才終於能夠開始比較冷靜的問自己：現在怎麼辦？

管他的先回台中明天再來一趟嗎？

累死人。

留下來等J下班再過一夜?順便把所有的不愉快所有的挫折煩惱傾訴於他?接著在他面前好好的痛哭一場然後還撒嬌著要他哄哄抱抱?說我不要成功不要事業不要獨立不要堅強只要賴在他身邊讓他照顧一輩子?

別傻了。

還是先找家咖啡館和自己憤怒的餘溫待一會再說。

如果真要等J下班過夜的話,可不想讓他看見我這糟透了的狼狽模樣。

最不想J擔心的事情就是我確實需要被擔心。

咖啡館。

最近的咖啡館。

推開玻璃大門,環顧四周確定裡頭並非禁菸場合後,直接就往最角落的桌子走去。

坐定,掏出菸盒,在找著打火機時,女服務生就站在桌邊送上檸檬冰水以及MENU,並且笑盈盈的問候我點單。

抬頭望了她一眼,還真是有股衝動想要問她:麻煩妳行行好告訴我妳哪來那麼多的好心情可以嗎?方便的話分一半賣給我看多少錢都可以好嗎?

但是還好我沒有。

『不要遷怒別人,不要什麼事情都先急著生氣。』

J說。

總是溫柔的J。

『現在有供餐嗎?』

『很抱歉沒有耶，但是我們現在有下午茶套餐，可以選擇蛋糕和點心搭配咖啡或是茶。』

甜膩膩的聲音，真是刺耳兼倒人胃口。

『那算了，熱拿鐵。』

想了想，為了保險起見，我還是多叮嚀了一句：

『還有，奶泡別太多。』

『好的，請稍候。』

然後笑嘻嘻的甜膩膩女服務生離開，謝天謝地，白雲總算離開暴風圈。

安全離開。

打火機。

點菸。

『這東西遲早要了妳的命。』

J老是這麼說。

管他的，反正我從來就不是那派會每天運動、定時補充維他命、邊吃晚餐邊看新聞兼生日許願希望世界和平的健康人種。

吐出第一口菸霧時，我意識到這空間裡好像有哪個誰正盯著我瞧，不過我並沒有確定，沒有心情確定。

管他的、隨便了，不管是哪個認識或者不認識的誰都好，只要別挑在這時候進入暴風圈就好。

閃電沒關係，可我不想要下雨。

一根菸的時間，拿鐵剛好送上桌。

喝下今天的第一口咖啡穿過喉嚨送進胃袋之後，我開始轉過頭去對著窗外發呆，試著把注意力集中在窗外的大雨，而非這空間裡到底是哪個沒禮貌的傢伙該死的依舊繼續打量著我。

但沒用。

本來我只是想找個地方平息我的憤怒，可沒想到現在卻越來越是心煩意亂，我甚至想要拿起咖啡杯往玻璃窗砸去。

『別急著生氣，遇到事情別先急著生氣。』

溫柔的J，親愛的J。

算了，還是回去J的公寓打開電腦看看那封該死的E-MAIL裡到底寫些什麼好了。

一口氣把拿鐵喝乾到底，拿起香菸以及打火機丟進包包裡，接著我捉起帳單往櫃檯走去，然後我看見——

我看見那道目光的來源，我看見最初的那個自己，我快速的離開。

我不想認出那個自己。

之二

第一眼看到妳的時候我就認出妳來了。

那時候我正坐在最靠近大門邊的位置上，一面喝著早晨的黑咖啡（嚴格說起來已經是下午了，但也說不上來為什麼，我就是沒有道理的喜歡並且使用早晨咖啡這個詞彙，總覺得有什麼吸引人心的溫暖感包含在早晨咖啡所給人的意象裡頭；雖然說穿了，它確實只是一杯再普通不過的黑咖啡沒錯），一面恍恍惚惚的望著街道上來往穿梭的行人還有這總是不請自來的午后大雨。

我搞不懂為什麼台北老是喜歡把它自己弄溼。

我就是辦不到打從心底喜歡台北。

而克萊兒依舊是活力十足的在咖啡館裡忙碌穿梭，招呼客人、點單、煮咖啡、把現成的蛋糕從冰櫃裡取出來到精緻的碟子上（克萊兒不講究食物卻講究餐具）、洗杯子、結帳……克萊兒完全一手親自包辦，並且樂在其中。

偶爾克萊兒會趁著空檔走到我的身邊，確認我是清醒的發著呆或者是就這樣坐著坐著又睡著了；確認是為前者之後，克萊兒會心滿意足的離開，繼續回到她的工作舞台上忙碌穿梭著，而至於後者則是從來沒有發生過，沒辦法，我畢竟有認床的習慣。

有時候我難免會懷疑是不是克萊兒在潛意識裡把這小小的咖啡館視為以她為中心的舞台、沉醉其中的表演著，所以才堅持在晚餐時段之前不聘請任何的工讀生，以免打擾了她自得其樂的獨舞戲。

真是想太多。

『還忙的過來呀，幹嘛要多請工讀生。』

我不只一次的建議克萊兒這點，結果她總是如此回答；正如同我不只一次的告訴克萊兒，來到這裡我只會喝咖啡並不會幫上忙，而克萊兒也總是一貫笑嘻嘻的嬌嗔道：

『可是人家就是喜歡有你在的感覺嘛。』

當然我其實知道為什麼。

感覺就像是小時候我總得要當著媽媽的面把青椒吃下，如此她才肯相信確實青椒是進入了她兒子的胃袋裡消化著，而非被她不乖的小兒子藏匿了或者丟棄了，並且她親愛的小兒子才能因此長大成人，從此過著幸福快樂的日子。

而克萊兒則是藉由我每天醒來第一件事情是到她的咖啡館喝一杯早晨咖啡以確認我們的愛情依舊正常運轉，並且我們的未來緊緊相繫，從此我們過著幸福快樂的日子。

女人從來就只肯相信眼見為憑。

眼見為憑？

突然想到昨晚和阿文聊到關於這次雅典奧運的棒球：

『幹！真不敢相信連義大利我們居然也輸掉！』

阿文說，然後憤恨的嘖了一口。

『你能相信嗎？懶到連村上春樹也受不了的義大利人耶！』

我趕緊把馬丁尼喝乾，免得阿文一時失控把口水噴進了我的馬丁尼裡。

『而且你知道嗎？義大利只贏了一場，贏的就是我們！我們！』

『幹嘛呀？反正還有兩場比賽，又還沒輸定了。』

『下一場是對日本，不用說一定是輸定了。』

『你又知道了？球是圓的。』

『這句話什麼意思？』

『球是圓的，不到最後誰也不會知道勝負，我高中的教練告訴我的。』

阿文從鼻子噴了一口氣，聞著裡頭濃馥的酒氣時我下意識的皺起了眉頭，我並不喜歡對阿文擺出老闆的姿態，但確實事情也總該有個限度；才想要告誡他上班時喝酒也該有個分寸時，阿文就看穿了我的心思、搶先把話題避開，繼續說道：

『就像你說的好了，明天來我家一起加油，就算是輸球，我也要眼睜睜看著球是怎麼輸的！哼！』

『還沒比你別唱衰。』

『最好是能贏！反正明天下午三點半，我弄好了下酒菜等你！』

現在是幾點了？

就是在這個時候，我低頭看了手錶，確認去阿文家還來得及時，一抬頭就看見妳推開玻璃大門走進來，而妳沒看見我；更正確的說法是，妳誰也沒看見的，筆直的就往最角落的位置走去。

我想說服自己是看錯人了，於是更是不由自主就這麼直盯著妳打量，我不是很確定此時此刻是否真的希望眼前的這個女孩就是妳，然而我唯一可以確定的是，打從我發現妳的出現之後，目光就再怎麼樣的也離不開妳了。

就像當時初次遇見妳那樣。

『現在有供餐嗎？』

『沒有耶，但是我們現在有下午茶套餐，可以選擇蛋糕和點心搭配咖啡或是茶。』

甜膩膩的聲音，克萊兒的招牌聲音，我最愛的克萊兒的聲音。

『那算了，熱拿鐵。』

『奶泡別太多。』

我在嘴裡默唸著。

『還有，奶泡別太多。』

真的是妳！

我情緒激動的倒抽了一口氣，克萊兒有點奇怪的望向我這邊、但沒多說什麼，因為她現在有點忙，還好克萊兒現在忙。

妳看起來很煩躁的樣子，偏過頭去，像是在賭氣似的只望著窗外的街景，我十分確定妳已經發現有人正幾乎無禮的盯著妳瞧，因為妳的姿勢僵硬的那麼不自然、甚至可以說是不滿；我甚至可以想像妳此時此刻心底的惱怒，我想像著妳正在嘴裡咕噥著這個注視者的失態，就算是妳突然起身走到我的面前給我難看、潑我咖啡、我都不會覺得意外，因為那就是妳、我最初認識的妳。

妳還是那麼的格格不入。

這麼說對嗎？或許應該說是，妳始終無法讓自己完全融入於自身所處的環境，別人知道、而妳自己也再明白不過，妳明白、但妳卻不想改、也不改；但也是因為如此、妳特別，妳的存在感在旁人看來總是奇異的那樣特別。

妳還是我記憶中的模樣。

我想應該是我的注視已經達到了妳忍耐的極限，於是妳草率的喝乾了咖啡，收了東西捉走包包、起身正準備買單；我快速的瞥了忙碌中的克萊兒一眼，我做了一個決定——

我走進櫃檯替妳買單。

當我們四目交接的時候、我發現妳眼底一閃而過的複雜神情，就在我幾乎以為妳就要認出我時，妳隨之取代的是、全然陌生的眼神。

》第二章《

之一

又下雨了，我唯一喜歡台北的一點，老下雨。

全身淋的溼透的回到J的家之後，丟了鑰匙打著哆嗦、我拿起電話打給J，說了人還在他的公寓裡的這件事情，J顯然正忙著的樣子、並沒有多問些什麼僅是匆匆應了聲好，於是我們沒多說什麼的就這麼掛電話。

接著我才把身上濕透了的衣服丟進洗衣機裡，注入洗衣劑然後按下運轉鈕開始洗滌，最後才赤裸的走進浴室；在等待熱水注滿浴缸的同時我沐浴，接著倒了幾滴玫瑰精油在熱水裡，然後點上香薰蠟燭，最後總算是泡了個漫長且舒服的熱水澡。

閉上眼睛我在水裡愜意的舒展四肢，感受著這因為只有我獨自一人於是顯得過大的浴缸時，心底突然被一種沒來由的煩亂給侵襲——為什麼我下意識的認為非得先打電話給J、然後才能安心的使用這我甚至比J還要熟悉的公寓呢？

我知道鏡子的後方有一處隱密到或許連設計師都忘記的櫃子，那是我用來放置私人盥洗用品的地方；我比J還知道櫥物櫃裡衛生紙的存量，我知道廚房的蕃茄SAUCE有四瓶、因為J老是忘記還有開封過的；我知道J的定時清掃婦人其實會偷窺他的櫃子，因為有幾次我發現到保險套的擺法被挪動過，我甚至比J還清楚他電視節目的頻道！

那為什麼——

算了，生活裡已經夠多煩人精了，別再給自己找心煩。

起身，吹熄蠟燭，拉開塞子、放乾浴缸裡的水，擦乾身體，圍上浴巾，拍點化妝水和乳液之後，我打開電腦本來是想看看老巫婆說的那封E-MAIL的，但結果這才發現原來我的手機是忘在電腦旁了。

氣死我。

一邊開機我一邊登入MSN，才想查看曉心留給我的語音留言時，小幽就從MSN傳來了訊息：

『妳今天不是要開會？』

『改成明天了。』

『那妳現在人在家？』

『沒，在J這，明天開完會才回去。』

『哦。』

『怎麼了嗎？』

『本來想明天找妳喝咖啡的。』

『後天？』

『後天是七夕情人節哦。』

『我知道呀。』

『妳不和J過？』

『剛好是週末妳忘了？』

小幽傳來一個臉紅的表情，這個話題算是就這麼結束。

『我今天——』

想了想，我決定放棄，改口道：

『我今天把老巫婆惹得很火哦。』

『快！我要聽最新戰況！』

於是我像在說戲那般的把整個過程都描述的相當完全，而小幽則會適時的給予回應，但其實我依稀感覺的到她對於這個話題並不十分感興趣，正如同我對於小幽常提到對於工作上的抱怨也常常聽的了無興趣，畢竟我離開之後、過著的就是越行越遙遠的兩種生活；就當小幽話題轉到她對於工作上那些我曾經也熟悉的豬頭同事時、我的手機響起，我覺得鬆了口大氣。

也不管電腦的那端小幽還在打字（她一向熱衷於在上班時間用MSN大說副理的壞

話）、我就逕自傳了個電話的符號過去，然後離開電腦，接起。

是小瑋。

『請問是大編劇嗎？』

『我是呀。』

『哈！還是一點也不客氣，妳在哪？』

『台北呀。』

『開會中？』

『並沒有。』

『和J在一起？』

『也不是。』

『運氣真差，全猜錯。』

『你咧？又蹺班哦？』

『老大不在當然要蹺。』

『想也是。』

『妳幹嘛關機關那麼久呀！我從昨天就一直打了耶！』

『幹嘛每個人都忙著在我關機的時候找我呀！』

小瑋也不曉得為什麼每個人非得在我關機的時候拼了命的找我，所以他也沒解釋，直接了當的就說了他來電話的主要目的：

『我情人節有安排了。』

『那很好呀，恭禧你囉。』

『少在那邊言不由衷了，情人節那天是假日，我看過行事曆了。』

『我幹嘛言不由衷呀！本來這次情人節就沒打算和你一起過呀。』

『什麼時候我這個一日情人功成身退了也沒先通知一聲呀？』

一日情人。

我和小瑋總戲稱對方為彼此的一日情人，雖然我們從來就不曾真正是彼此的情人過。

在朋友的聚會裡，我們總是緊緊陪伴在彼此的身邊，默契好的就像是交往許久的情感伴侶，也不介意別人因此誤會；在重要的節日裡從不缺席彼此的生活，孤單的時候也會進行單獨的約會，有時候親吻、有時候擁抱、甚至對方習慣穿什麼樣的內褲、偏好哪一牌子的保險套（小瑋堅持只用全家買的戴銳斯）也十分清楚；不想要一個人的時候隨時歡迎對方的打擾，有時候徹夜長談，有時候聊著聊著、電話的那頭會笑嘻嘻的說他已經在我家門口，通常那時候我們會坐在廚房裡喝酒聊天、直到爸媽醒來之前清理痕跡；而酒精依舊平息不了沮喪的時候，我們就打開電視再重新看過一次日劇『三十拉警報』，就這樣讓混亂的心情隨著劇情一點一滴的沈澱，然後消失不見。

一日情人。

無所不談的一日情人。

『我還是覺得他們不應該上床。』

也忘了是第幾次重看『三十拉警報』時，我這麼有感而發道。

『為什麼？不過是上個床，有那麼嚴重嗎？』

『不曉得怎麼說，總覺得就前功盡棄了呀。』

那時候的小瑋以一種很奇妙的眼神盯著我看了好久，然後說道：

『我知道，妳其實性冷感對不對？』

『你想被揍對不對？』

『好啦，失禮了。』

『嗯，知道就好。』

『真心話大冒險，妳其實曾經幻想過和我上床是什麼感覺對不對？』

『真心話大冒險，我只有在你詳細描述你的性生活時會懷疑你吹噓之外，從來就沒想過要和你上床。』

『為什麼？女人應該也有生理需求吧？』

『這和生理需求是兩碼子事好嗎？』

『怎麼說？』

『如果我和你上過床了，這樣你以後怎麼再和我誇張自己的性能力？』

『喂！我從來沒誇張過，都嘛是真材實料好嗎？要不我給妳幾個電話，妳可以問問她們。』

『隨便啦。』

『真的啦！』

『好啦！』

一日情人。

緊守著最後一道防線的一日情人。

電話那端小瑋突然冒出的低吼聲轉回了我的思緒：

『幹嘛呀？』

『帥呆了曹錦輝！飆出162時速的球！媽的手指都破皮瘀青了！』

『棒球哦？』

『爽啦！我強烈建議妳馬上打開電視看看這小子有多帥！包準妳也愛上他！』

『我對棒球沒興趣啦。』
『厚！不行不行！我心臟快受不了了！』
『那你專心看好了，拜。』

棒球。

不知道為什麼，我還是開了電視。

棒球呀。

之二

『幹！曹錦輝飆出162球速的時候，我還心想你昨天講的真媽的有道理，球是圓的、是不是？結果你看！球還真他媽的是圓的！』

在延長賽裡，當日本隊揮出那簡直令人心碎的一棒時，阿文也在最短的時間內飆出最大量的三字經，我在想如果阿文飆三字經的功力能夠轉換成為球速的話，那麼他現在就不會是在我的酒吧裡當個領台幣的酒保，而是在大聯盟裡領著大把大把的美金、還拍著曹錦輝的肩膀喊他作小老弟、告訴他哪個酒吧裡的酒最純妞最辣。

當然阿文最後還是很可能會因為酗酒問題被請出球隊提前退休，接著像個沒用的小癟三那樣、向他的姐姐哭訴自己的遭遇並且指責別人的小題大作，最後一樣是淪落到他姪子的酒吧裡當起酒保順便名正言順的每天幹掉一瓶威士忌。

不過實際情形倒也相去不遠了，差別只在於阿文還沒來得及被大聯盟挑上就先被請出球團了。

酒精。

我大概是媽媽生命裡唯一沒被酒精糟蹋甚至還靠著它賺錢的男人吧。

『算了啦，輸了這次還有下次，下次再進軍奧運的話，我包吃包住請你去現場搖旗子。』

『媽的搖個鬼旗子！我可沒把握還活得了十二年。』

喝成這樣還活的過今天我就謝天謝地了。

『誰說還要十二年？我跟你打包票，四年後我們鐵拿金牌。』

『你要不是太有把握了就是太樂觀了。』

阿文搖搖晃晃的傾身要拿威士忌，我趕在他之前把酒瓶拿開，他真的喝太多了。

『哦、幹！心情好差，我今天不去上班了可以嗎？』

『好呀，不過情人節我不在哦。』

『情人節？我有沒有聽錯？克萊兒會肯在賺翻天的鬼日子放自己假過節？』

『當然不會，所以我是要回家陪我老媽。』

『陪媽媽？哈！我姐真是好狗運，生了你這孝順的龜兒子，哈～～』

他真的醉了。

『我看這世界上的女人呀，你大概就只買你老媽的帳吧，哈。』

『你要不要喝杯熱咖啡？』

『要，而且要濃一點。』

於是我們同時起身，我走到廚房去煮一壺又濃又黑的咖啡，而阿文則是跑去廁所抱著馬桶嘔吐；當咖啡香蓋過阿文的嘔吐聲時，我又想起了熱拿鐵——

『還有，奶泡少一點。』

『什麼奶泡少一點？』

阿文走到身邊不解的問我，隨手拿出兩個馬克杯來；真是謝天謝地，他總算不再堅持用啤酒杯裝咖啡喝了。

『那些奇怪的堅持只是為了不讓別人發現他的平淡無奇。』

我想起克萊兒曾經這麼嗤之以鼻的評論阿文，以及：

『他追求女人的方法是把對方敲昏了扛進洞穴裡我也不會覺得奇怪。』

他們兩個人一直就不對盤，不，更正確的說法是、自從舅媽離開阿文之後，他就開始和所有的女人都不對盤，甚至是懷抱著極度的惡意去看待所有出現在他面前的女人。

還好，除了他的姐姐、我的媽媽之外。

『問你一個問題，如果哪天你在街頭遇到舅媽，你會有什麼反應？』

『首先，她早就不再是你的舅媽，而且，已經很久了。』

『阿文。』

『好啦！我會報警捉她，罪名是賤女人，前提是我有錢買機票去日本、或者是她頭殼壞去還敢回台灣來的話，幹嘛問？』

『我今天好像遇到以前交往過的一個女生。』

『這可真是新聞哦！你交往過的女人起碼可以組成棒球隊而且可還能對打，另外還包了啦啦隊；當然，如果是你把那些只記得下半身不記得上半身的炮友稱之為交往的話。』

『就知道跟你講了也是白搭。』

『哈！好說。』

沉默。

『喂，幹嘛露出那種表情呀？來真的哦？怎麼、那女的我見過嗎？』

『見過吧，我記得帶她回家鄉參加過豐年祭，不過太久了我想你可能沒印象了吧。』

『有印象呀，你不就回去過那幾次？白白瘦瘦的、在我們族裡面和你一樣很突兀，哈！』

才心想這傢伙最好識相點別又跟我開什麼平地人和原住民混血兒的玩笑時，他就識相的換了話題，問：

『然後咧？』

『然後我在想今年的豐年祭媽媽不知道會不會想要我回去。』

『我看連她自己都不會想回去了更何況要她的寶貝兒子你，你知道我問的是哪個，然後咧。』

『然後我也不確定那是不是她，還是某個長得很像她的女生而已。』
『怎麼說？』
『因為她沒有認出我來，再說，她怎麼會在台北？』
『這裡可是台北，你懂我意思嗎？就算是在街頭遇到貓王我想我也不會覺得奇怪。』
『這裡只是台北，不是紐約也不是東京更不是火星，你不要每次都把台北誇張化。』
『好好好，只是台北，不是天堂也不是地獄，然後咧？』
『然後我在這裡陪你看球賽聽你飆髒話，還擔心你遲早酒精中毒或者晚年淒涼。』
『真是多謝啦。』

真是不該提醒阿文的，因為接著他又瞬間拿出一瓶白蘭地倒了一些進去咖啡裡；我常在想他如果是家庭主婦的話，一定會很擅長於藏私房錢，當然前提要是他的另一半忍受的了和他相處超過二十四個小時以上。

『是你刺青的那個主人嗎？』
阿文用下巴指了指我左肩的太陽刺青。
『你還記得她呀？』
『記得呀！不過忘了為什麼我會記得。』
『嗯。』

『那是什麼感覺？和愛過的女人遇到？』

『複雜。』

『複雜？』

『因為我沒想過會再遇見她，也沒想過再遇見她、我的反應居然是一直盯著她看。』

『幫我複習一下你們為什麼分手？你知道，我那陣子麻煩事不少。』

『因為酗酒問題還有行為不良被球團解聘，接著沒多久舅媽簡直是跑路似的離開你。』

『你找打嗎？別忘了我也曾經轟過不少全壘打哦！』

『兼在球場上帶頭和對方球員打群架嗎？』

阿文沉默，我想可能玩笑開的太過火了，雖然那些都是事實沒錯。

『對不起啦，反正男女分手的原因不就那些？不過我可以確定的是，分手的時候我表現的很差勁，她可能恨到從這輩子到下輩子都不想再看到我這個人吧。』

只有分手的時候差勁嗎？還是一直就很差勁？我苦笑。

算了，這不是個合適自嘲的時機。

『所以你因為這樣不打球了嗎？真是想太多，你以為你會是另一個曹錦輝呀？少天真了！我說下一個曹錦輝起碼是十二年以後的事了，哈！』

這次換我沉默了，於是我才知道原來阿文並沒有他看起來的那麼醉，因為他馬上就很識相的閉嘴了。

我從來就只相信藉酒壯膽、而不相信酒後吐真言這回事。

『好啦！幹嘛呀？聽老大哥一句話，女人呀、真的不是越多越好啦。』

我還是沉默，左肩上曾經讓我的生命轉了個大彎的舊傷彷彿仍隱隱作痛。

『算了我說了也沒說服力，畢竟是個連老婆都跑了的人哪，哎！』

『你不是我老大哥，你是我舅舅。』

『對，而且我只大你五歲不到，感謝祖靈，我的爸爸你的外公還真是身強體壯，真希望我們別漏了他這基因。』

然後我們就笑出來了。

這叫人又愛又恨的性格也是我們共同的遺傳因子嗎？

『我還愛你，可是同時，我更恨你。』

真的是妳嗎？妳為什麼會來台北？

『你只是太容易放棄了，因為你懦弱！你寧願逃避成功也不想失敗，儘管你更有可能會成功。』

妳還記得我嗎？這個妳生命中最初的男人？

『別想那麼多了啦，你好不容易終於也安定下來了，雖然並不是什麼好貨色——』

我玩笑似的在阿文的大肚腩上揍了一拳，不這麼做的話，天曉得他還會吐出什麼惡毒的話來侍候克萊兒。

『反正過去就過去了，雖然聽起來很消極的樣子，不過人生嘛！不這麼想怎麼繼續過下去呀？哈！喝酒啦！』

『喝咖啡，這次換你煮。』

搶過阿文的酒瓶，我說。

『我在想呀，哪天我們再去投個球玩玩吧！真是太久沒運動了，你的手套應該還在吧？』

『早丟了。』

阿文說。

『什麼樣的情境會讓人逃出來之後仍對它依戀不已，失敗了渾身傷痛仍對它魂縈夢繫？』

『什麼？』

『勞倫斯．卜洛克的小說裡有過這麼一句話。』

什麼樣的情境會讓人逃出來之後仍對它依戀不已，失敗渾身傷痛仍對它魂縈夢繫？

我不太清楚他這句話什麼意思。

》第三章《

之一

『雖然看是無緣打進前四強了，但我們明天還是要堅持到底，守在電視機前面為中華隊加油。』

當J回到家時，我正好讀完了老巫婆發的那封E-MAIL，同時還接到曉心打來通知關於開會再順延的電話；曉心的口吻聽起來相當的哀傷，但我想那應該不是因為我們的工作進度嚴重落後、或者是她很過意不去沒能及時通知而害我白跑了一趟台北（曉心老以為我是台北人），而只是單純的因為中華隊輸了今天的球賽。

『曹錦輝上場的時候，我還是覺得我們會贏耶！老天爺，為什麼要這樣子對我們呢？不公平！死日本鬼又不差這場比賽，那麼賤是怎樣啦！』

『好啦好啦，我要掛囉，拜。』

掛上曉心走火入魔的哀嚎之後，我轉頭對正好放下鑰匙的J說：

『你如果是要趕回家看結局的話，那已經來不及囉。』

不得不承認看到提早下班的J時，我心底冒出的第一個念頭是——J知道我在這裡，於是提早下班來陪我——但這個念頭只維持了三秒鐘不到的時間就消散了，因為認識J越深、越是明白感情在J心中的排行永遠不會是第一。

再說，J早過了感情用事的年紀了。

那我呢？

『看到身邊的人那麼投入這次球賽的情形，我越來越不擔心台灣萬一發生戰爭的話怎麼辦了；妳能想像嗎？當結局出來的時候、我的辦公室差點發生暴動，而我們甚至沒有裝電視！』

我微笑著走進J的懷裡，以親吻代替我的回答。

『倒是妳，我不知道妳什麼時候也看起棒球來了？』

『沒有呀，我哪來的那個耐心呀。』

『真好，我就知道我不孤單。所以呢？你們開會為什麼突然取消？』

『因為精神與中華隊同在呀！沒人有心情開會了，再說反正進度遲都遲了，也不差個這兩三天了。』

我把老巫婆寫在E-MAIL裡的話一字不漏的轉述出來，然後在心底想像著老巫婆那張尖酸刻薄的嘴臉。

真是越想越惹人厭。

『妳在開玩笑嗎？』

『真的喲，蓉蓉姐沒打你手機找我嗎？』

蓉蓉姐。幸好！差點就順口說成老巫婆了。

我想J應該不會樂見他這個打從大學時代起的好友被他的情人稱之為老巫婆吧！這也是為什麼每當J問我起工作狀況時，我總千篇一律的說好（順便從他的表情猜測老巫婆有沒有發我的牢騷）——『很好呀。』『比預期中的還適應呢。』『我想我會是編劇界的明日之星哦。』——而非——『那該死的老巫婆未免也太自以為是了吧！』『明明就捉不住年輕人的口味了所以才需要我們，還擺個什麼鬼架子呀！』『你真該聽聽她想的那是什麼芭樂爛劇情！噁心老套兼無聊！』——畢竟是J把我推薦給老巫婆的。

我不想J為難，也不想J擔心。

不知道從什麼時候開始，在越是真正在意的人面前，我越是無法真正的洩露自己。

『沒有。』

J仔細的想了想，然後說。

『欸！你知道她知道我們的關係嗎？』

『可能有感覺到吧！但她沒問，蓉蓉不是那種愛碎嘴的人，妳呢？』

『我當然也不是好嗎?這還用問。』

J笑了起來,那溫柔又寵溺的笑容:

『話說太快了、我的意思是,妳要不要明天再回去?我順便載妳。』

『好呀。』

『但是要早起哦。』

『儘量囉。』

其實我本來就打算照原訂時間回去的,因為不想媽媽見我提早回去又會大驚小怪的問東問西、旁敲測擊,接著不管我的回答如何、她都還要自己在心底推演這一切的前後經過然後窮操心。

怎麼我就那麼不值得放心嗎?

有時候我實在很受不了媽媽把所有的注意力放在我的身上,這樣緊迫盯人式的關愛常讓我感覺喘不過氣來,以致於下意識裡我在她面前會維持著某種程度的隱瞞而無法做到完全的坦白。

在最親近的人面前,我反而無法最完全的坦白。

媽媽一向就過份神經質並且極度欠缺安全感以及嚴重的想像力太過豐富,她似乎把擔心女兒視為興趣一般的進行。

我知道媽媽很愛我而我也同樣程度的愛她，我不想脫離也脫離不了媽媽無微不至的關愛（這樣好嗎？我都已經二十五歲了）；同樣的我也抗拒不了血液裡的遺傳因子，我心底明白關於這點我是像透了媽媽——自從我驚覺自己竟以媽媽愛我的方式去愛你之後——我就再明白不過了。

儘管因此我更是努力的想要偽裝、偽裝成我想要別人以為的我的模樣。但沒用，有些就算瞞的了別人、卻依舊瞞不了自己。

有些事情。

不過值得慶幸的是（這麼說對嗎？）媽媽的那份想像力太過豐富的人格特質到了我的身上——就某種層面說——倒也變成了我如今賴以維生的工具。

文字，依賴大量想像力的文字。

我曾經出版過一本小說，雖然大學時我唸的是設計，但我玩票似的寫過一本小說，然後被出版；求職時我把這件事情寫在履歷表上面，本來只是想要豐富我的履歷表、但誰曉得卻因此使我的人生拐了個大彎（不過話說回來，這不就是人生嗎？），面試時我把書連同畢業展的作品集帶去了J的公司應徵設計師的工作，但很顯然當時的J認為（事實證明如今依舊是）我在文字上的能力遠遠超過設計上的才能，於是我被錄取，而職稱是文案企劃。

因此我認識了公司裡最年輕的元老、小瑋；而至於我原來想要的設計師工作，則在安獨撐了一年之後，由我的學妹小幽得到。

安，J離婚的妻子，他們兩個孩子的母親。

他們的那兩個孩子，披著天使外表的惡魔。

J，最稱職的週末父親。

『沒有必要因此離職，我們的感情很早以前就淡了，我們是好聚好散；我們還是朋友，我和妳也可以繼續是；大家都是成年人了。』

安說。

『不要自責，就算他們離婚的主要原因是妳，但那絕對不是全部的原因。』

小瑋說。

『希望這不會是妳這輩子最後悔的決定。』

小幽說。

『自私的是我，不是妳。』

J說。

『為什麼要辭職？和公司的人處不來嗎？是不是受到什麼委屈？什麼事不能好好講嗎？』

媽媽說。

『不過只是一份工作呀！我的人生會因此而完蛋嗎？妳又知道我就找不到更好的工作了嗎！』

我說。

我受不了了的吼著媽媽，天曉得我有多厭惡自己這樣對媽媽。

我從來沒有對媽媽提起過J的存在，我甚至樂見於她誤會小瑋才是我穩定交往的對象，我不知道為什麼。

不，其實我知道為什麼，我再清楚不過。

我害怕媽媽對於擔心女兒的樂趣變成是一種失望，或者應該說是，我不想再看到一次媽媽失望的眼神。

媽媽失望的眼神，當我告訴她決定離職時，她那失望的眼神，我受不了再經歷一次；我受不了只是單純的離職媽媽便感覺失望、更何況是她的女兒在別人看來介入並且破壞了一個完整的家庭，而交往的對象是一個已經有了兩個小孩的四十歲男人。

而連我自己都再清楚不過的是，就算我們不會分手，我也不會嫁給J。

媽媽失望的眼神。

『現在年輕人談戀愛為什麼談的這麼嚴重？妳不要再瘦下去了好不好？妳要把媽媽擔心死嗎？』

媽媽說。

『放過自己吧！妳起碼試著放手好嗎？沒有妳想像的那麼過不去吧！』

小幽說。

『就是沒感覺了呀！不愛了還要什麼理由嗎？沒有！沒有別的女人！妳不要每次都自以為了解我好不好？妳這樣愛讓我很累！我簡直不能呼吸了妳知道嗎！妳自己不覺得煩嗎！』

你說。

『你只會逃避。』

我說。

『晴晴？』

『嗯？』

『想什麼那麼出神？』

『突然想到一些以前的事。』

『什麼事讓妳想到發呆？』

『忘了，想完了就忘了。』

『那換成想想我們晚餐要去哪吃如何？』
『我今天去到一家很讚的店喏！就在我們公司附近，小小的，可是感覺很對味喏！』
『對味到讓妳一天想光顧兩次？』
『是呀。』
『那走吧。』

結果當我們去到那家店時，唯一再次看到的臉孔是下午那個親切到讓人想把臉轉開的甜女人。

我在幹嘛呀我！

之二

結果回到家的時候，媽媽還在房間裡昏睡著，本來是想打開電視看中華隊最後一場的比賽，但不知怎麼的，卻覺得異常的睏，沒想到就這麼握住搖控、開著電視在沙發上睡了過去。

還發了一場夢。

場景是在國外的度假飯店裡，然而我卻直覺認為是我們的部落；時間是白天，而且陽光正好，同伴們一個個喊著我出去打球，但他們越是喊我，我卻越是著急，因為我在找東西，而且我找不到；我不知道我到底是要找什麼，但我清楚知道我怎麼樣也找不著，最後我賭氣的盤腿坐在沙發上自個兒生著悶氣，看著外頭玩得正樂的同伴們，我有一種被遺棄的心傷。

就當我感覺到孤獨的不得了的時候，一個陌生的中年男子從背後走向我，用他那張好看的笑容對我說了什麼，然後我點點頭，心情好了很多；接著他貼近我的臉頰，同時我瞬間從小男孩變成了高中時的模樣。

『是你不要的，為什麼還要回頭找？』

『我們只是因為當時都太年輕了。』

『但是太晚了，太晚了。』

『我真的不想再放棄一次。』

『那好吧，拿著，你在找這個不是？』

我不解的轉頭看他，然而陌生男人卻消失無蹤影，取而代之的是一隻可愛的小貓，撒嬌著磨蹭著我的臉頰。

『晴晴？』

然後我就醒了。

『吵醒你啦？』

睜開眼睛，我看見媽媽就坐在身旁輕撫著我的臉頰，而電視裡的比賽正好進入結局，五比一，中華隊勝荷蘭，漂亮的句點。

提早落下的句點。

『做夢了？』

『嗯。』

『一隻可愛的小貓咪？』

『也可以這麼說。』

我說，然後我們笑著擊掌。

一直以來我和媽媽就有著某種程度上的心電感應？心靈相通？母子連心？算了，反正就是那方面的事情。

『妳是幾點睡呀？』

『早上囉。』

『妳現在都睡這麼晚？』

『這一陣子而已啦！乖，幫媽媽泡杯咖啡好不好？』

咖啡，即溶的那種，媽媽對於咖啡從來就不要求，這點和克萊兒完全相反；克萊兒堅持只喝某個品牌的咖啡豆（一串英文，我對英文從來就沒有辦法也沒有興趣），因為那咖啡號稱為知識份子愛用的咖啡豆，就像是早晨咖啡之於我、克萊兒對於知識份子這四個字也有著難以理解的著迷。

真搞不懂她是看上我哪一點。

『妳早餐不能只喝咖啡。』

『已經不是早餐了嘛，是下午茶。』

『隨便啦！反正妳第一餐多少也吃點什麼營養的東西吧！光是喝咖啡的話胃會搞壞。』

『真囉嗦，我記得你小時候我就沒囉嗦過你什麼。』

『有，而且很多。』

媽媽吐了舌頭作個鬼臉，然後我們相視而笑。

還是孩子的時候，媽媽就像是我的媽媽；長大的時候媽媽變成了朋友的姿態，而現在，我們好像角色易位了似的，媽媽反而像是我的孩子了。

時間好像在媽媽的身上停滯、甚至是倒退，自從我有記憶以來，媽媽的樣子好像就不曾改變過，不顯老的媽媽、沒長大過的媽媽。

『好像姐弟哦！根本就不像母子耶。』

克萊兒每次看見媽媽的時候總是如此說道，雖然媽媽更喜歡的是——我們看起來不像母子卻像情侶——而媽媽總是笑著接受，沒多說什麼，也不催促我們結婚、雖然我想克萊兒的心底九成九很希望媽媽囉嗦這點。

媽媽在十七歲的時候就生下了我，而媽媽到底有沒有結過婚呢？

『媽媽，妳有結過婚嗎？』

『好神奇哦！我們的默契還是那麼好耶！』

『什麼意思？』

『我正要告訴你呀！我打算結婚了，所以今天可能是我陪你過的最後一次情人節囉。』

我覺得有點小不爽，並不是因為媽媽要結婚了的這件事情，而明明就是我陪她過情人節、而非她陪我過。

『哪位苦主呀？我見過嗎？』

『還沒有，不過我會介紹你們認識，你不介意我們等一下三個人一起吃個飯吧？』

介意的要命。不過我沒說，因為說了也沒用。

『人怎麼樣？對妳好嗎？』

『夠好了，起碼好過你爸。』

真是個沒有說服力的比喻。

『對了，你幹嘛不接你爸電話？他找了你好多次。』

『我們又不熟，他到底要幹嘛？』

『問你錢夠不夠花呀、飯有沒有好好吃……這類的，總不會要你幫他介紹女友吧！』

接著媽媽就自以為很幽默似的笑了起來。

『哦。』

『所以我就替你回答啦！錢哪有夠花的時候嘛！你看！噹噹！』

媽媽開開心心的拿出一張支票，表情快活的像是惡作劇成功的小女孩那樣。

『送給妳當結婚賀禮吧！我不缺錢。』

『那謝啦！幫忙打個電話給他SAY個HELLO吧！畢竟他就你這麼個兒子。』

『私生子生私生子。』

『你說什麼！』

『沒什麼，好啦，我會傳個訊息給他，我頂多就做到這樣。』

『說到這——』

『這什麼？』

我不解的看著媽媽拿出來的超級舊款經典手機。

『前一陣子我手機搞丟了，又急著得打通電話……反正就找呀找的找出這隻手機。』

『怎樣嗎？』

『你忘的一乾二淨啦？這是你以前的手機呀！而且還能打呢！打電話給你爸的時候順便謝謝他這點，一直傻呼呼的替你繳著沒人記得的帳單。』

『我說了我頂多傳訊息給他。』

媽媽不理我，繼續自顧著說：

『而且你知道我發現什麼嗎？』

『鬼來電？』

『臭小孩壞嘴巴！』媽媽輕輕的打了我一巴掌，嘴裡喃喃唸著主耶穌之類的，才又說：

『你有個神祕仰慕者哦！呵！我的帥兒子真行。』

接過經典手機，我查看著一封又一封的訊息，看著已經陌生了的號碼卻曾經熟悉過的口吻，我覺得眼睛好像有點溼。

而最後的一封訊息停留在去年的我的生日。

『是哪個女生呀？我認識嗎？』

『沒啦。』

把手機塞進牛仔褲的後口，我決定收回這隻手機。

『你犯規哦！我們不是說好了不能有祕密嗎？』

『沒事啦，妳快點換衣服要出門了啦，待會又遲到了，你們約幾點？』

『沒差呀，反正已經遲到了。』

『妳哦！』

三個人的晚餐，結果我決定吃完主菜之後就提早回台北去。

並不是因為嫉妒有了別的男人來分享媽媽、甚至還娶到她（反正她身邊的男人來來去去，而我有把握她最愛的人永遠會是我），而只是單純的無法專心。

回到台北我直接去找克萊兒，當克萊兒看到我的突然出現時，她顯得很開心的樣子，而我也很開心她誤會我的提早回來是我設計好了的驚喜。

我們都很開心，這樣的愛情很好，沒有眼淚，沒有爭吵，沒有互相傷害，也沒有反覆的失控。

這樣很好。

很好，一切都還來得及，很好。

『這什麼歌？』

聽著店裡清場時播放的音樂，忍不住我轉頭問克萊兒，結果回答我的是她請的工讀生，長相模糊到令人看一眼就忘一次的女大學生：

『BEYOND的《關心永遠在》，很好聽哦！』

『嗯。』

妳愛聽雨又怕聽雨　讓人想起從前
揮不去忘不了　最容易流淚
我的城市妳的城市都正當雨季
在遠方夜雨中　誰讓妳思念

2:14。

克萊兒已經睡著，不過我起身時依舊干擾到她。

『不要回去嘛。』

『沒有，下樓去買包菸而已。』

我告訴克萊兒我要買菸，但結果我做的卻關上大門坐在樓梯間，拿出那隻被遺忘已久的經典手機，發出遲到了的訊息——

太晚了　不過還是祝妳情人節快樂

我不知道妳還會不會收到。

我希望不會。

這樣比較好。

比較對。

》第四章《

之一

到底是從哪裡開始的呢？這不對勁。

情人節，和小幽。

在那間我們習慣去到的喫茶店——氣氛並不怎麼特別的普通茶店，所以在這日子裡並沒有被太害怕別人看不出他們是情侶的噁心情侶們佔據。

當我遲到了半小時之後才趕到時，小幽居然奇怪的還沒有出現，我覺得有點錯愕（不管是和誰的約會，遲到的人通常會是我），但仍沒多想的就先點了飲料、茶點，接著抽起今天的第一根香菸。

接著三根香菸的時間過去，小幽才終於姍姍來遲，然後我開始隱約感覺到有什麼東西不太對勁。

隱約感覺。

圍繞在我們中間的空氣是彆扭，我不知道為什麼我們要彆扭。說不上來為什麼彆扭的氛圍。

詭異的氛圍。

點了飲料之後小幽開始把注意力放在牆角上電視裡現場直播的棒球賽，而就坐在她對面的我、這個相識多年的好友我，她卻顯得視而不見並且刻意的忽略。

至少她給我的感覺是這樣，而且她表現的很好。

『我做了什麼我自己不知道的事情讓妳不高興嗎？』

本來我是想這麼問題，但結果我問出口的是：

『我不知道妳什麼時候也開始關心起棒球了？』

『從新聞裡無意間看到TVBS記者訪問曹錦輝然後他不耐煩發脾氣開始，他帥的很有型呀，妳不覺得嗎？』

『沒注意。』

我有點奇怪的望著目不轉睛盯著電視的小幽，燃起一根香菸，但這根菸抽起來卻像是剛從臭水溝裡撈起來那般的不對勁，於是我把菸捻熄，吸了一口百香紅茶、才發現百香紅茶的味道也不對勁，連冰塊的溫度都不對勁那樣程度的不對勁，接著夾起一塊起司酥吃、沒咬兩口就吐了出來，也不對勁。

什麼都不對勁。

『但我怎麼記得上次全台灣也瘋棒球的時候，我們還埋怨這瘋潮，那是多久以前的事？有半年嗎？』

『總之不是十二年，我就是突然的喜歡棒球了不行嗎？妳什麼時候這麼關心起我的興趣來了？』

我噤聲，沒有回答，因為小幽的聲音太過尖銳，而我聽得很不爽。

『人是會變的。』

小幽又說，像是覺得我們之間的氣氛還不夠僵那樣；於是我把臉轉開，我可以習慣等候的人換成了我、但我習慣不來發脾氣的角色換成了對方，尤其當那個對方是小幽的時候。

『那就是曹錦輝——』

『你怎麼來了？』

小幽順著我的視線望去，發現了突然出現的小瑋。

『你不是說情人節已經有節目了嗎？』

『計劃改變了呀。』

小瑋笑嘻嘻的說，然了拉了把椅子坐在小幽的身邊，而小幽不經意的改變姿勢把自己和小瑋的距離拉開，我不由得努力回想當小幽抱怨工作上的豬頭時是不是也包括了小瑋？

想不起來。

『而且計劃永遠改不上變化。』

小瑋依舊笑著一張臉說，但眼神卻是明顯的望向小幽，帶點挑釁意味的眼神。

『你們是不是有什麼不愉快呀？』

整個下午我都想這麼問他們，但結果我完全沒有機會問起，因為他們太專注於電視裡的比賽，並且熱絡的討論著，熱絡到我連插口問規則的空間都沒有；當比賽結束的時候、他們甚至還擊掌歡呼，看著他們此時沉浸於與我無關的喜悅裡，第一次、我感覺到自己的存在是種多餘。

我覺得很不是滋味。

『好可惜哦！下一次要等到四年後了。』

『妳還是可以看職棒呀。』

『才不要，我只想看曹錦輝……』

好不容易球賽結束了，結果他們卻還自顧著聊棒球，這點終於超過我的忍耐極限，於是我低頭把菸盒丟進包包裡打算走人算了，但小瑋發現了這點、他在桌子底下按住我的手，巧妙的把話題轉到他認為我能加入討論的地方：

『妳記得小陳嗎？之前業務部新來的那個菜鳥，他居然和副理談起戀愛來耶。』

小幽沉默，於是我只好負起接話的責任：

『真是驚人，之前一點徵兆也沒有呀。』

『誰曉得他們暗中進行多久了？嘖嘖嘖，真是夠嗆的、那老女人，四十有了吧？』

『日久生情哦？』

『應該是。』

『真有日久生情這件事嗎？我還是不太相信從朋友變成情人。』

『那妳和J呢？該不會你們一開始就對眼了嗎？』

沉默已久的小幽終於加入我們的談話，只不過、她說的是我寧願她沒說的話。

『我今天是哪裡得罪妳了嗎？』

『對哦，我忘了還有小米，你們確實是一見鍾情沒錯。』

『妳有完沒完！』

小瑋低吼著，他皺了眉頭；坦白說我是有點高興他是向著我的。

不過我受夠了。

『我要回去了。』

『幹嘛這麼早回去？一起去東海看夜景喝酒嘛！我們買個三瓶紅酒去，我請客。』

小瑋拉住我的手，打圓場，很不成功的圓場。

『兩瓶就夠了，你們去你們的老地方看夜景，我要回家了。』

小幽說，跟著也起身，我得承認我們現在的姿態在別人看來一定相當詭異。

『妳幹嘛呀？我們本來就說好了一起去不是？』

小瑋對她說，微慍。

『誰跟你我們了！』

『你們慢吵，我要回家了。』

然後我就回家了。

回到家時我整個人被一種莫名奇妙的睏意包圍，潦草的吃了媽媽每年七夕都會親手做的油飯以及燉雞湯之後，什麼話也沒力氣說的、就這麼倒在床上睡了過去。

再醒來是因為耳朵沒來由的癢，望了一眼手機上的時間——

2:14。

情人節已經過了，而J整天沒打電話給我，一整天都沒有人打電話給我。

孤單情人節。

嘆了口氣我下床，洗完澡再確定爸媽已經熟睡了之後，才鎖上房門，蹲在陽台上偷抽香菸。

孤單情人節。

真想找個誰說說話。

拿起手機我撥了小瑋的電話，結果得到的反應卻是用戶關機。

出事了嗎那傢伙？那個在睡覺之前總得確認手機電源還充足的小瑋。

就當我感覺到孤單的不得了時，我聽到房間裡傳出奇異的聲響。

鬧鬼嗎？

捻熄了菸，我關上陽台的落地窗，然後開始在房間裡東翻西找著那怪異聲音的來源，當我越找越是後頸發涼、懷疑是否真的鬧鬼而想上樓把哥哥吵醒來陪我時，才想到那其實是我另一隻手機的聲音。

膽小鬼。還好沒真的去敲哥哥的門，否則準被他嘲笑個二十年不止。

拉開抽屜，翻出底層那隻古老手機時，我看見黑白螢幕上顯示著有封新訊息。

是哪個不熟到我已經換過七、八次門號卻始終沒被通知道的朋友？

訊息。
收信箱。

八月二十三日二〇〇四年
2:24
小米

我怔怔的望著手機螢幕，全身像是失去了身氣那般動彈不得，除了顫抖。
真的是你？

深呼吸，我關了手機重新把它塞回抽屜的最底層，告訴自己好睏好想睡覺，就這麼躲回床上把自己藏在棉被裡。
不急。不急著確認。
我一邊這麼告訴著自己，一邊試著想要入睡。
不急。不急著知道。
想睡，我想睡。
沒用。

起身我坐在桌前，拉開抽屜的瞬間又反悔的打開電腦，於是我才發現自己居然沒耐心到連電腦的開機畫面都懶得等。

暴力式的關機，打開落地窗，我繼續又抽了一根香菸，在捻熄菸的當下我做了一個決定，我決定打通電話給J，如果J接起、那麼我就把那隻手機從陽台丟出去，然後——

然後J沒接起，他確實是始終如一，睡覺時從不開機。

那麼打電話吧！偶爾的任性應該是被允許的。

電話。聽筒。放棄。

抽屜。最底層。遺忘已久的手機。開機。訊息。

為什麼？

之二

『為什麼?』

當我打電話告訴克萊兒今天不過去她那喝咖啡館時，結果她的反應比我預期的還要在意。

『外面下大雨呀，新聞說有颱風要來的樣子，妳晚上回家小心點。』

『那我晚上休假去酒吧陪你?』

突然的，我想起過去，似曾相識的情景。

『兩個人一定要每天黏在一起嗎?妳能不能有點自己的生活?』

電話被摔斷，我可以想像在的那端妳正氣的哭泣，我們都覺得愛得很累，我們都正在體驗並且實踐那句老掉牙的話：相愛容易相處難。

我們都年輕。

我已經告別十七歲而且快十年了，不再是那個年輕氣盛自以為是、被高高捧在天上的狂妄小子了。

所以我的反應不是發怒不耐煩，我深呼吸，試著妥協——當人有了點年紀之後，不得不、也自然學會的東西——妥協。

畢竟光長年紀不長修養的話好像不太好的樣子。

所以我的回答是：

『好呀，如果妳不介意有阿文在的話。』

『我不介意他今天休假呀，我還可以免費替他代班哦。』

『別鬧了寶貝，妳又不懂調酒。』

『好啦，反正晚上見，拜拜。』

克萊兒甜甜的說，當她掛斷電話之後、我才把手機塞入後口袋。

克萊兒大我兩歲，過完今年就要正式邁向三十的格子了，不過她卻依舊喜歡用天真小女生的姿態對我撒嬌，但我想這並不是什麼問題，反正我早就習慣了女人的愛撒嬌，我常奇怪每個出現在我身邊的女人幾乎沒有例外的都喜歡對我撒嬌。

到底是為什麼呢？我長的比較高的關係嗎？

『還好我老姐把你訓練的不錯，要不我真難想像男人怎麼能夠忍受比他老的女人對他撒嬌，那會造成陽痿，你沒聽說嗎？』

阿文老這麼說，他就是不放過任何一個可以消遣克萊兒的機會；我常在想還好他不知道克萊兒的內衣款式，否則阿文會樂的更有發揮空間。

『你要是能習慣女人的撒嬌，現在也不會對著馬桶認兒子。』

阿文瞪了我一眼，又說：

『你可別忘了是誰教你寶貝這字眼有多管用的，總不會是你那個平地人老爸。』

別又拿混血兒開爛玩笑。拜託。

還好他沒有。

『這年頭唯一比女人行情跌的還快的東西就是手機，我說呀，手機其實是發明來安慰女人用的。』

酒吧裡，阿文把玩著我的手機，發表著他的長篇大論；真是清閒的一天，多謝了外頭的大雨。

『說出來包準氣死你，不到一年的時間吧？我現在只消一半的價錢就能買到你這手機了，早告訴過你別蠢到新款手機一出來就跑去買。』

『你終於要買手機囉？』

坦白說關於阿文終於要買手機了的這件事情我是感覺到有點遺憾的，因為他是我身邊唯一一個堅持到底不用手機的人。

而現在他卻想破功了。

『談戀愛了？終於？』

『少在那邊五四三，你這龜兒子。』

『要就買有照像功能的！別省那錢，這年頭沒個照像功能的根本稱不上是手機了。』

『哦？』

阿文挑了眉毛，然後拿起我的手機對著我：

『來，笑一個。』

『笑一個。』

『嘖，耍什麼酷。』

他低頭檢視我手機上他的作品，而我則看了手錶上的時間：克萊兒怎麼還沒來？外面還下著雨嗎？

『怪了！今天是星期三嗎？』

『什麼？』

『你手機上的日期呀！今天是星期一才對不是？我記錯？』

『沒啦。』

搶回手機塞回後口袋，打算就這麼結束這個話題，不過顯然阿文並不這麼打算：

『是很重要的事嗎？』

『什麼事？』

『不然幹嘛連我也瞞？』

『我瞞你什麼？』

『看你的表情就知道了，全寫在臉上了你。』

『我臉上寫了什麼？』

『女人，一個女人。』

還好我們的感應並不像我和媽媽那樣的神準，不過我還是很好奇我們之間的默契到達什麼樣的程度，像是要打發時間那樣——確實也是打發時間，我打算等到克萊兒到就提早打烊，畢竟還有什麼比做愛更合適這天氣？——於是我繼續問道：

『還有呢？』

『二〇〇〇年，你們在二〇〇〇年的夏天分手。』

『還有？』

『還有我搞不懂你把時間調回二〇〇〇年幹嘛？』

『我也搞不懂，不過就是突然想要這麼做試看看。』

『你病了你。』

『謝謝，這瓶威士忌你帶回家喝，算你厲害。』

『謝啦！那我請你喝一杯吧，有什麼比喝茫更合適這種鬼天氣？』

阿文說，然後很是大方的倒了滿滿兩杯的純威士忌。

『做愛呀。』

『真是謝啦，就像你說的、我寧願對著馬桶認兒子，這樣有效率點。』

『乾杯啦！』

『乾杯。』

不過我沒有乾到見杯底，只喝了一口之後還是要阿文替我加滿冰塊，太烈了。

『對了，我媽要結婚了你知道嗎？』

『聽說了。』

『嗯。』

『你不緊張？』

『幹嘛緊張？那男的看起來不錯呀！挺忠厚老實的，尤其是肚皮，哈。』

『我是說克萊兒！那娘兒們等你幾年了，不急嗎？她明年就三十了吧？還三十一？』

『我們今年交往才第二年，她明年滿三十，等一下她會來你別給我多嘴惹麻煩。』

然後克萊兒就剛好從樓梯口探出頭來了。

我的酒吧位於地下一樓，而兩個門口的中間是一道長長的迴旋樓梯，克萊兒總說每當她走這道樓梯時感覺像是自己正走在星光大道那樣，不知道是不是因為這個緣故、來到我酒吧消費的女客永恆的多過於男客。

每個人都想體驗當名人的快感？

『今天就到這裡了吧。』

我轉過頭對阿文說，然後在胸前比了個叉，用嘴型告訴他：結婚，還有二〇〇〇年。

『那我還要再一瓶威士忌漱口才夠。』

這趟火打劫的賴子。

『去拿啦。』

『你要關門囉？』

『嗯，外面的雨大不大？』

『大到快把我融化了呢。』

『走吧。』

趁還沒和阿文開罵之前快走吧。

迴轉樓梯，一樓，大雨。

克萊兒形容的確實一點也沒誇張，雨大的程度就像是要把人給淋融了那樣，於是當我們共撐一把傘跑到我車子前的時候，兩個人沒輒的還是給淋的溼透了。

『小心點，有隻小貓咪躲在你的車子底下。』

順著克萊兒手指的方向望去，我看見一隻小虎斑貓，模樣可愛的惹人憐愛，看牠發抖著小小的身體，真擔心不知道牠斷奶了沒有？

開了遙控鎖讓克萊兒先上車，撐著傘我蹲在地上逗了逗小虎斑，沒想到牠竟沒有怕生的逃開，反而舒舒服服似的、以慵懶的姿態攤開牠雪白的肚皮任我撫弄。

『小米！』

突然的，我又想起了那個夢，於是念頭一轉、我抱著小虎斑上車。

『你要帶牠回家？』

克萊兒吃驚的望著乖乖趴在我腿上磨蹭的小虎斑，我讀不出來她此刻的眼神意味著什麼。

『妳討厭貓嗎？』

『也不是呀，但——』

『嗯？』

『算了，你高興就好。』

不過那個晚上我們並沒有做愛，我不知道是因為這隻小虎斑的關係，又或者只是單純的因為我們都覺得很累。

》第五章《

之一

發了一場亂糟糟的夢，於是早早就醒過來了。

整場夢境斷斷續續、跳來跳去的，只約略記得好像是回到了高中時代，一個陌生的女轉學生，是那種第一眼看她就讓我討厭的臉孔，後來不知怎麼的，我把自己的那隻舊款手機偷偷和她的對換，事跡敗露之後我好害怕也好懊惱，在準備逃跑一走了之的時候，你找到我，你要我別走，你說了很多但我什麼也聽不到，我們都很急，很急很急很急——

『晴晴，晴晴！』

『嗯？』

『妳做惡夢呀？』

逐漸清醒之後，才發現時間不過十點過一會兒，而J在我身邊，我在他的公寓裡。

『你還沒出門？』

『東西忘了我回來拿，要不要起來了吃東西？』

『我想再睡一下。』

『好吧，妳今天開會別遲到囉。』

『嗯。』

然後當J離開之後，我卻是再怎麼樣也睡不著了。

在梳洗打扮之後我跟著也出門，那討厭的夢還在我的身體裡繞跑，我覺得好悶；就這麼無心無緒的走著，無心無緒的搭上捷運，當我回過神的時候，發現自己正在那家咖啡館門前，念頭一轉，我決定先進去吃個午餐再說。

不知道是不是因為還沒到這區塊附近上班族的休息時間，整個咖啡館空盪盪的，也沒看見上次那個親切的過了頭的女生（和J來時才知道原來她是老闆，她和J攀談的很愉快，我更加確定我討厭她），倒是一個長相模糊的女生看我推開大門進來之後，手忙腳亂的換著店裡音樂。

『妳們營業了嗎？』

『欸，不過因為還沒有客人，所以我就放著自己喜歡的音樂，真是不好意思。』

『別換也沒關係呀。』

反正我也不喜歡這種咖啡館裡慣常播放的優雅輕音樂。

『這什麼歌？』

『BEYOND的《關心永遠在》，很久以前的歌了，不過很好聽哦。』

『多放一會可以嗎？』

『好呀。』

我的城市你的城市　都正在雨季
在遠方　夜雨中　誰讓你思念
每個人心中對未來都有不同的期待
我想你曾有的心情我明白

在送上午餐的同時，長相模糊的就像是劇中常出現的路人甲的女服務生和我簡短的攀談起來，不知道為什麼我竟然沒有抗拒。

我一向很討厭必要之外的談話。

我想我是真的非常自我封閉。

『外面雨好大喔。』

『是呀，感覺不錯。』

『妳也喜歡下雨呀？』

『嗯，溼溼的，挺好的。』

『呵～妳在這附近上班嗎？』

『算是吧。』

『是哪間公司呀方便問嗎?因為這時候很少會有上班族上門,唔⋯我會不會太多話了、打擾到妳?』

『不會啦,我在寫劇本,不算上班族啦。』

『哇!好厲害哦!是那間公司嗎?因為我們這常有電視圈的人來、所以我才知道原來這附近有那家公司。』

我微笑點頭,想起之前當我正接下這編劇工作之後,小幽也曾經我同樣的問題:

『大概是怎麼樣的情形呀?這編劇。』

『開會討論劇情怎麼走,然後各自回家把討論內容寫成劇本,再開會討論聽老巫婆批評我們為什麼寫的和她要的是兩碼子事,一邊提醒自己不要動怒把劇本砸到她臉上、一邊卻在心底自我懷疑是不是自己真的是智障、會不會根本就不是這塊料?接著再回家修改劇本,順便唱衰老巫婆吃飯噎到走路跌倒看電視遙控器還漏電。』

『哈!笑死我。』

其實根本笑不出來,當置身其中時。

這充滿挫折感並且鍛鍊修養的編劇,還有會教人急速老化兼縮短壽命的編劇會議。

我常戲稱那會議室為毒氣室,因為我們與會的五個人都抽菸,每當劇情討論越是膠著的時候、毒氣室裡越是白茫茫的一片,要命;而老巫婆是我們的編劇統籌,至於老闆娘則簡直就像是希特勒再世，以致於每當我踏進會議室的那一剎那總是頭痛欲裂。

要命。

而今天當我打開這毒氣室大門時，驚訝的發現只有老巫獨自抽著菸，她看起來悶悶不樂的樣子，直覺告訴我趕緊轉身離開，不過太遲了。

『真難得妳今天沒遲到還早到。』

『嗯，妳臉色好差。』

『因為有壞消息。』

『什麼？』

『進度落後太嚴重了，我們要打住了。』

『……』

『之前完稿的劇本費還是會發——』

『那今天幹嘛還叫我們來？』

『因為我也是剛剛才知道。』

『……』

『妳要試著習慣，這一行本來就是這樣，變數很多。』

『我要走了。』

『喂！不要放棄的這麼快好嗎？』

不要放棄的這麼快好嗎？好熟悉呀！好熟悉。

『妳今天要先走也沒關係，不過，我們保持聯絡好嗎？』

『再見。』

『喂！』

『幹嘛？』

『如果妳能不要放棄的這麼快的話，我會覺得比較放心一點。』

『知道了，我考慮考慮。』

『保持聯絡，BYE。』

『不要放棄的那麼早。』

是從什麼時候開始，在別人眼中、我竟變成了你的模樣。

離開公司之後，我馬上打電話告訴小瑋台東之旅確定成行，但結果他的反應卻沒有我預期中的高興，小瑋反而推託：

『可是颱風好像要來了耶。』

『颱風總不會來一整個星期吧？』

『難說，妳房間訂了哦？』

『訂了。』

我說謊，其實我還沒有，但我覺得如果連這次的旅行都變卦的話，那我會火大到不行。

『好啦，那我再問小幽看看好了。』

『問什麼問！聽不懂我說訂了是什麼意思嗎？』

『喂喂喂？怎麼收訊那麼差呀，再打給妳好了。』

少來這一套，這傢伙！

也忘了是從什麼時候開始，我們約好了要每個季節起碼出去旅行一次，而這次的夏季旅行由於種種不確定性的人為因素而一延再延（突然開編劇會議、遇到他們公司的開發季、小瑋車子要保養、我來月經接著小幽也來月經……諸如此類的），最後才終於敲定了這週末去台東，而目的地是某個有露天溫泉的旅館——夏天洗溫泉，酷吧？——小瑋說。

買票，上車，打電話給小幽，結果響了好久她才接起。

『小瑋打電話給妳了嗎？』

『小瑋？』

『算了，妳台東還去哦？』

『有確定要去了嗎?』

『什麼叫作有確定要去了嗎?我房間都已經訂了耶小姐!』

很好，我成功的把氣氛給吼僵了，但管他的，因為我發現吼了之後更火:

『現在是什麼情形到底?』

『不是呀，三個人去洗溫泉還過夜，這不是很怪嗎?』

『我們哪一次不是三個人了?』

『只有一次，而且是妳自作主張沒先告訴我一聲。』

深呼吸。深呼吸。

『但寶弟說不定會去呀!』

『寶弟說他最近手頭緊。』

寶弟，我們共同的可愛小學弟，長的活脫脫就像是偶像劇裡慣常出現、負責暗戀女主角的那種男配角長相，簡直就像是那種長相的男生、天生下來就是註定好了活著是為了暗戀別人那樣似的;不過在我們當中他誰也沒暗戀，連小瑋也沒暗戀。

寶弟是個喜歡肌肉男的同志，也是我們每次遇到什麼情況缺一卡的時候就會首先想到的不二人選。

『可是颱風——』

『要去不去一句話呀！妳藉口那麼多是怎樣？又寶弟又颱風又小瑋的！』

『妳脾氣可不可以不要那麼大呀？』

很好，小幽也火了。

『辦不到！』

然後我掛了電話，等了五分鐘之後、小幽還是沒回撥過來道歉甚至是回罵，我就開始生起捷運的氣來了：這該死的戒菸空間！

算了，問問J好了，說不定他並不是我想像中那麼盡責的假日父親也不無可能：

『怎麼啦？』

『沒什麼啦其實，就是問一下你這週末有沒有空這樣而已。』

『週末呀……』

J的聲音顯得很為難的樣子，真是雪上加霜，就知道我不該把這蠢念頭付諸行動。

『是什麼事嗎週末？』

『喂喂？收訊好差哦，再打給你好了。』

然後我就關了手機。

『妳脾氣可不可以不要那麼大呀？』

怎麼了？我怎麼會越來越像你的樣子了？

在關上手機的那一剎那、我看了一下時間——2:14。

拿出另外一隻手機。

傳送簡訊。

再關機。

然後我做了一個決定。

我決定和自己去旅行。

之二

『夏天總是把一天搞的很長，我討厭夏天。』

十二個小時之後，我收到妳回覆的簡訊，簡短的兩句加上兩個標點符號，除此之外就再也沒有別的什麼了，連想確定這個門號是否依舊屬於我的意思也沒有。

不想確定，也不具名。

那麼，那個門號又是否依舊屬於妳呢？又或者是換了新的主人，收到了那種莫名其妙的簡訊、於是出於無聊的心態之下、索性又回個莫名其妙的簡訊？

反覆的閱讀著這個沒頭沒腦的簡訊時，我疑惑著。

『怎麼看著手機發呆呀？』

克萊兒生過身邊時，問。

『沒有呀，外面雨這麼大妳還要去咖啡館？』

『嗯嗯，總是不放心嘛，只有一個工讀生……』

『妳臉色很差呀，感冒？』

『不曉得，昨天被那隻貓吵得睡不著。』

『我沒聽見牠吵呀。』

『對，因為牠只吵我呀，看。』

看著克萊兒的腳踝，是一道又一道的抓痕。

『我等一下打牠屁股。』
『神經，你先幫牠買個籠子吧，別又讓牠跑到床上了，不衛生。』
『還是幫牠取個名字先？』
『小米！』
『好啦。』
『那我先走囉，掰掰。』
『克萊兒！』
『什麼事？』
『我後天會陪媽媽回台東。』
『我也要跟！』
『少來了，妳根本不喜歡離開台北。』
『可是——』
『好啦，路上小心了，BYE。』
克萊兒嘟著嘴巴不情願的離開。
『我看這世界上的女人呀，你大概就只買你老媽的帳吧。』
或許吧。
克萊兒離開之後，我重新又拿出那只手機再一次閱讀訊息——夏天總是把一天搞的很長，我討厭夏天。——什麼意思呢？真的是妳嗎？

操弄著訊息回覆鍵時，我猶豫著，掙扎著；該說些什麼呢？該用什麼樣的言語才不會傳遞出太多錯誤的訊息？

望著手機上的空白螢幕，我想著這分手了將近四個年頭的空白，無法填補的空白。

『把自由還給我，這就是我最想要妳送的生日禮物。』

『那我的愛情呢？』

『真的到此為止了，好不好？』

『為什麼你總是可以說的那麼簡單？』

『真的很累，越愛越累。』

『祝你生日快樂。』

四年前的夏天，我們之間最後往來的簡訊。

天殺的我。

『嗨！訓導主任的女兒！』

『我們認識嗎？』

『少來了！這學校哪個誰不認識我？』

『我。』

『我叫小米，妳爸現在很頭痛我，不過以後會很崇拜我，因為我會代表中華隊去打奧運的棒球。』

『我叫什麼不想告訴你，我現在很討厭你，以後也不見得會喜歡你，你可不可以離我遠一點？』

『妳長的這麼漂亮，幹嘛老是一副不快樂的臉呀？』

『因為你老是來煩我，你想害我被我爸盯死嗎？』

十七歲的夏天，我認識妳的第一個夏天；是我先招惹妳的，我從來沒有忘記。

『你到底想怎樣！』

『跟妳交往呀。』

『我不要呀！』

『妳有男朋友嗎？』

『干你屁事。』

『哇哇哇！訓導主任的女兒講粗話。』

『走開啦！』

『妳是不想談戀愛還是害怕談戀愛？』

『你很無聊耶！回去上課好不好？』

『我猜妳還是處女對不對？』

『我要叫我爸把你記過退學。』

『真感人，父女情深哪！』

『比起你沒——』

『沒爸爸，我是個非婚生子，我爸爸是個私生子，時代變遷、名稱不同。真有趣，妳打聽過我了？』

『算了，我不想跟你講話啦。』

『跟我交往，我們就算扯平。』

『你到底在堅持什麼呀？』

『因為我追女生從來沒有失敗過，我不想妳壞了我的記錄。』

冬天，妳沒壞了我的記錄，妳只是破了我的記錄。

『為什麼是我？』

『因為妳叫晴晴，而我在夏天出生。』

『真是有夠爛的藉口。』

『而且我在夏天遇見妳。』

『還是沒好到哪裡去？』

『那妳給我一個理由說明妳為什麼不接受我？』

『你哪來那麼大的自信呀？』

『不曉得耶，妳知道嗎？』

『無賴。』

無賴。妳總是喜歡說我無賴，就像是我喜歡妳在我身上磨蹭的感覺。

『給我。』

『不要。』

『妳不給我、我就不畢業。』

『你不要這麼無賴好不好！』

『妳不愛我嗎？』

『那你呢？』

『妳說呢？』

『我怕。』

『怕痛？』

『聽說會很痛。』

『乖嘛寶貝，我發誓只會讓妳痛這一次。』

然而，我從來就不是一個信守承諾的人。

『這是我第一次來台東耶！』

『城市土包子。』

『隨你怎麼說。』

『好啦，不過妳是我第一個帶回家鄉過的女生。』
『也是你交往過最久的女生嗎？』
『絕對是，而且太久了。』
『……』
『喂、我開玩笑的啦。』
『……』
『妳不要這樣開不起玩笑好不好？』
『那昨天跑來找你的那個女生是誰？』
『妳不要又來了好不好？』
為什麼呢？妳從來就不肯相信我，妳不相信我卻又堅持不放手。

『你為什麼要休學？』
『我是保送進大學的，現在不能打球了我還唸幹嘛。』
『有那麼嚴重嗎？不能醫好嗎？』
『妳懂什麼！』
『你現在人在哪裡？我去找你。』
『我在我媽家，妳不要來煩我。』
『小米！』

『天哪，妳比我媽還囉嗦。』
是從什麼時候開始的？我們的愛情只剩下互相的傷害，反覆的爭執。

『欸，你有沒有想過未來要做什麼？』
『沒想過，等我缺錢的時候再想想。』
『這樣下去好嗎？每天……』
『我老子都沒囉嗦了妳囉嗦什麼？』
『你脾氣可不可以不要那麼大呀？』
『妳覺得委屈的話要分手也可以呀。』
『小米……』
『天哪，每個人都只會煩我是不是！』

是妳嗎？妳好嗎？現在過著怎麼樣的生活？身邊有沒有一個好好愛妳的男人？有沒有終於快樂一點？

胡亂的按著手機上的選擇鍵，我竟然開始對著手機自言自語起來了。回撥？

這麼做好嗎？如果對方真的是妳、並且接起的話，我又該說些什麼呢？距離太遠了呀，遠的讓思念不知該從何問起。

『喵～』

小虎斑不知道什麼時候跑到了我的腳邊磨蹭，彎腰把牠抱到我的腿上，看著牠那張無辜的小臉蛋，實在很難想像牠竟會把人抓傷。

一邊搔著牠的耳朵、一邊我問著牠的意見：

『你想叫什麼名字呀？夏天？』

沒有回應。

『那好吧，就直接叫你小虎斑囉？』

『喵～』

『小虎斑、你也不喜歡夏天呀？』

『喵～』

『那你也比較喜歡冬天囉？』

『喵～』

『很好，冬天三票。你知道嗎？我第一眼看到你的時候就直覺想到她了。』

小虎斑歪著臉望著我。

『我哪知道為什麼呀？直覺就是直覺呀，喂、你贊成我回撥電話給她嗎？』

小虎斑跑開，說的也是，畢竟過去都過去了。

然而到了夜裡的2:14，不知道為什麼，我還是回覆了簡訊。

當時克萊兒渾身淋的溼透的來到我的公寓，連傘都還沒收好的、伸手就遞給了我一張CD。

『這幹嘛？』

『我那個工讀生要我轉交給你的。』

『什麼？』

『那天你問她的那首歌，真用心哪、那小女生。』

『妳吃醋哦？』

『抱我。』

『先去洗澡啦，等下感冒了。』

『欸、小米，我真的不能跟你回台東嗎？』

『別勉強自己去不喜歡的地方呀。』

『我沒有勉強呀，人家是真的想跟你去嘛。』

『克萊兒。』

『好啦。』

單向的簡訊，沒有問號，不具名，也不確定。

『愛情使人無恥。』

不知道為什麼，我突然有這樣的感觸。

≫第六章≪

之一

我沒有告訴任何人劇本提前中止的事情。

每天我都把自己關在房間裡假裝忙碌趕稿，但其實只是對著電腦玩接龍，不開MSN也不上網收信，我不想再收到任何的信息提醒我的全盤皆輸，我輸不起；晚上我依舊看著一檔又一檔的偶像劇，然而卻連一個畫面、一句對白也接收不進腦子裡，本來我就沒有興趣看偶像劇，原先是因為工作的需要、如今是害怕敏感的媽媽發現任何細微的異狀，然後擔心，然後失望。

我覺得自己好失敗，連失敗都怯於承認。

真的失敗。

『妳喜歡看偶像劇嗎？』

我想起第一次和老巫婆見面的經過。

『坦白說並沒有。』

『坦白說如果妳想待在這個圈子的話，不要什麼事都坦白說會比較好。』

冷場。

『為什麼想當編劇？妳之前的工作不挺好的？這點妳可以坦白說沒關係。』

忍不住笑了出來，接著我坦白說：

『我知道，不過我喜歡時間照著自己的安排，而不是每天每天的被規定什麼時候該出現然後什麼時候該離開，那樣很不自由，我討厭不自由，我不想被困住。』

『這位少女，聽我說，沒有誰真正自由的，連上帝也不例外。』

『上帝？』

『我是天主教徒，不過反正、趁年輕放手去試試自己的可能總是好事。』

沒有誰是真正自由的，連上帝也不例外……

『晴晴！』

『嗯？』

『妳在看電視嗎？』

『沒有呀，隨便看看而已。』

一邊說著一邊我把搖控器拿給爸爸，我不懂他為什麼房間裡裝了電視卻總不在房裡看電視。

『新聞，我們台灣終於也有金牌了。』

鎂光燈從來就只會聚集在成功者的身上，真好，除了我之外，這個世界依舊維持著正常的運轉。

『媽媽說妳這陣子都趕劇本到天亮呀？』

『呀…嗯。』

其實是失眠到天亮，沒劇本趕，我被判出局了，比賽提早落幕，全盤皆輸，出局。

『晴晴……』

拜託，別叫我去找個正常的工作，別要我像你一樣，早上醒來、連眼睛都還沒睜開就已經預知了接下來的二十四個小時會發生什麼事情，日復一日、年復一年，公務員蓋印章似的印章生活。

『妳後來還有和小米聯絡嗎？』

『沒有呀，怎麼了突然問？』

『這一陣子有時候會想起他，可能是奧運的關係吧。』

『是哦……我回房間寫劇本囉。』

『嗯，別每天熬夜。』

『好。』

小米……

『我會出國一陣子，回來之後這個門號也會順便不用了。』

『我們不能試著當朋友嗎？』

『妳到底愛我什麼晴晴？』

『我也想知道。』

爸爸還記得你呀！小米……

『愛情使人無恥。』

我想起昨天晚上收到的那個簡訊。

就像是一種無言的默契那樣，每天的2:14，我們輪流傳送著單向的簡訊，沒有問號，不具名字，也不確定。

無言的默契，單向的簡訊，在每天的2:14。

我沒有告訴任何人劇本提前中止的事情，正如同我沒告訴任何人關於單向簡訊的祕密，關於這點我是感覺有點悲傷的，因為如今我竟連一個收藏祕密的對象也沒有了。

小幽……

『晴晴，妳生日想要什麼禮物？不要太貴的哦！我買不起。』

四年前，我的生日。

『幫我打小米的電話好不好？假裝打錯那樣，然後告訴我這門號還是不是他在用。』

『妳到底——』

『我只是想確定嘛。』

『妳到底著了他什麼魔呀？』

『我只想要這個生日禮物，妳幫我這個忙。』

到底這個生日禮物我要了幾次呢？兩次或者三次？忘了呀⋯⋯

過去的自己變得好陌生，都忘了我曾經那麼放棄自我的去愛一個人，愛的好累，好累卻還是堅持不放手，真的是著了魔的愛⋯⋯

電話響起，打斷了我的思緒，是小幽。

小幽約我明天一起晚餐，她說終於找到有賣薄片PIZZA的餐廳，就像是慾望城市裡她們總吃的種薄片大PIZZA；小幽式的和解，把兩人間的彆扭擺到一旁，先滿足了口慾需求再說。

薄片PIZZA，很大很大的那種；小幽式的和解，這次不成功，彆扭還在，我決定打破沉默的先說：

『昨天我爸居然問我和小米還有沒有聯絡。』

『⋯⋯』

『妳幹嘛那種表情呀？』

『因為沒想到還會從妳嘴裡聽到這個名字。』

『哦。』

『嗯。不過那時候小瑋提議要去台東，我看妳很平靜的樣子，心想應該已經完全過去了吧。』

『都那麼久了畢竟。』

才猶豫著要不要提起單向簡訊的事情時，小幽就又說了：

『這餐算我的。』

『為什麼？』

『妳房間訂了不是？台東。』

『不——』

『是我出爾反爾，所以錢還是要付。』

『妳還是不去嗎？』

『嗯。』

『是因為小瑋的關係？』

『對。』

『你們吵架了？』

『我們上床了。』

我差點嗆到。

『你們戀愛了？』

『不算是，只是上床而已。』

『我被你們搞糊塗了。』

『我才混亂好嗎！』

小幽低吼著，這是她第一次吼我、而我卻不知道要反擊。

『天哪！他喜歡的人甚至是妳！我最好的朋友！』

『並沒有，我們只是——』

『一日情人，我知道。』

『妳以為我們是一對？』

『我不知道，他也不知道，我們都覺得好混亂。』

『我們之間乾乾淨淨的哦，妳不要想太多。』

『妳怎麼可以把話說的那麼簡單哪？』

我楞住。

『為什麼你總是可以說的那麼簡單？』

為什麼……

『如果不是小瑋顧慮著妳的話，我們情人節還會三個人一起過嗎？』

『是我的錯了嗎？我沒有要你們顧慮我呀，要早點告訴我的話，我也不會打擾你們呀，妳以為我是什麼厚臉皮的人嗎？』

『妳以為我們能丟下妳一個人落單嗎？我們又不是妳！』

『這就是我在妳眼中的樣子？自私？』

『我沒說。』

對，但表現的很清楚了。

『你們什麼時候開始的？』

『開發季，我加班到深夜，小瑋帶宵夜來，工作間的長沙發上，以前我加班趕設計圖時、你們老是坐在上面鬧我的那張長沙發。』

『為什麼…都不告訴我呢？我們是最好的朋友不是嗎？』

『問妳自己呀！妳什麼時候好好聽我說過話了？對，我真的覺得妳自私沒錯，妳對小瑋也是這樣，妳從來就只關心自己的事！劇本呀J呀老巫婆呀！我們也有工作呀！也有情緒也有感情生活呀！不是只有妳有苦水要吐好嗎？不是只有妳心煩好嗎！』

『我…我只是不知道該怎麼回應而已，你們說的事情…我越來越陌生了，我不知道、我覺得——很失落。』

『是妳自己要離開的！』

是妳自己要離開的。

失敗者。

自私。

是妳……

『對不起。』

趁著脆弱潰堤之前，我捉起包包離開小幽的視線。

回家之後我找了好久終於找到好久前以曾經住過的那家溫泉旅館的名片，馬上打了電話訂房間，然後告訴媽媽要上台北開會，連夜我整理行李，等到天亮就出門，搭上往台東的火車。

在火車上我試著樂觀的告訴自己，SOHO族的好處就在這裡，想旅行的時候隨時可以收拾行李，旅館不會客滿，就是連火車票都不用網路訂位也可以。

但：一直這麼自欺欺人的過下去真的好嗎？真的騙得了自己嗎？

久違的台東。

下午火車站我打電話請旅館派車來接送，十分鐘過去之後、出現在我面前的是一台舊舊的箱型車，我忍不住笑了——還是沒變——司機是一個原住民長相的黝黑男子，在短短的車程當中，他操著濃厚的原住民口音向我介紹這附近的景點、還有豐年祭——

『豐年祭？是穿丁字褲跳舞的那種嗎？』

『拜託！那是蘭嶼好嗎？』

『欸，為什麼你講話不像他們有原住民口音呀？』

『因為我是混血兒呀。』

『疑？』

『平地人和原住民的混血兒，我舅舅老愛開我這個無聊的玩笑。』

『無聊。』

『沒錯，而且我又不在這裡長大。』

『哦，那你喜歡台東嗎？』

『好山好水的，人又熱情，沒道理不喜歡呀，不過我不常回來就是。』

『為什麼？』

『這裡又不是我家，而且我外公對我媽很有意見，所以我們沒有必要不會回來。』

『欸，你想我們以後來這裡養老好不好？感覺好棒哦！碧海藍天的遺世獨居。』

『妳想嫁我呀？』

『……』

『傻瓜。』

真的是你嗎？還是你嗎？

『把討厭的夏天遺留在台東，久違的台東。』

放下行李之後，我傳送單向簡訊，然後在面海的房間裡、藍天白雲下，沈沈睡去。

這陣子以來，我第一次難得的熟睡。

全然的放鬆。

之二

『你專心點開車好嗎？我還想嫁人耶。』

『哦，SORRY。』

『你昨天沒睡好哦？』

『不過分開兩天，沒必要整晚縱慾過度吧？』

『你閉嘴啦！為什麼阿文也要一起來呀？』

『因為他在的話，才可以分散你外公的攻擊火力呀，呵～～』

『過份。』

真累，一想到待會說不定要遭到外公攻擊火力的流彈就覺得更累。

『這麼心神不寧……是和女朋友吵架還是捨不得媽媽嫁人呢？』

『吼～～還沒嫁妳的直覺就不準了哦？』

『是這隻貓干擾了我的感應，為什麼非得帶牠出門不可呢？』

『克萊兒和牠不對盤，不肯幫我照顧呀。』

『那還不趁這大好機會甩了她。』

『媽妳叫妳弟弟閉嘴好不好？』

『等一下在外公面前不能這麼沒大沒小哦。』

『聽到沒？你這龜兒子。』

『簡訊。』

媽媽突然說。

『哇，真準。』

昨晚沒收到單向簡訊，結果沒想到居然就這麼失眠了。真是久違的失眠。

『笨小孩，我是說你手機響有簡訊啦。』

『哦，幫我看一下。』

『奇怪？沒有耶，阿文是你的嗎？』

『我哪來的手機呀老姐。』

『疑？也不是我的呀。』

『哦…我知道了。』

『什麼？』

『妳猜呀？』

『嗯…呀…某個…遲到了的…簡訊，來自一位神祕人物。』

『妳真神，Give me five.』

『你專心開車啦！』

『把討厭的夏天遺留在台東，久違的台東。』

阿文突然說。

『什麼東西？』

『你的簡訊，是這隻手機。』

『你不要亂翻我東西好不好！』

『我回撥看看這個神祕人物是誰。』

『拿來啦！』

我轉身跟阿文搶回手機，結果他們兩人同時尖叫，因為車頭歪了一下方向。

『我還想嫁耶！』

『你幹嘛呀？反應這麼大，幹什麼這隻手機就不能看呀？』

『……』

『不是吧？這樣就不爽囉？』

『……』

『嘖，很久沒看你這樣了耶！脾氣這麼大，懷念哪懷念。』

『阿文你別吵他開車啦。』

媽媽出聲打圓場，不過並不成功。

『拜託哦！擺那什麼臭臉呀！』

『不要惹他了啦。』

『有沒有搞錯呀？他以前那麼衝我都不怕了、現在——』

急速剎車，車頭轉了向，一百八十度的那種。

『你要閉嘴還是下車？』

『你想幹架還是——』

『阿文！』

媽媽轉身捏住阿文的嘴唇，算是勉強圓了場。

結果我們三個人難得的回家之旅就這麼搞的氣氛破裂。

從再踩油門到放下手剎車時，兩個鐘頭的時間過去，我們三個人都沒再說過一句話。

外公家——

阿文一下車就悶著臉到車後下行李，而媽媽則是握了握我的手，問：

『心情好一點了嗎？小朋友？』

我搖頭。

『別這樣嘛！這可能是我們三個人最後一次一起回家欸，媽媽可不保證會再嫁一次喔。』

然後我就笑了，勉強性的那種笑。

『進去之後要笑的自然一點哦！我的小帥哥。』

『可以的話，我想去個地方一個人待一下，我今天都還沒喝咖啡咧。』

『那好吧，喝完咖啡別忘了把我兒子帶回來，要長大後的那一個喔。』

『好啦，待會見。』

『別再甩車尾囉。』

『掰。』

開車，離開。沒甩車尾，我一向就聽媽媽的話。

雖然身體疲累的要命，然而精神卻是異常的亢奮，我決定帶小虎斑到那家每次回到台東必定會光顧的咖啡館。

那是一家座落於巷子裡不起眼的小咖啡館，它不起眼的程度到了可能不曉得的人會來回經過它二十次，才發現已經錯過它二十次了；它並且就是連店的招牌也沒有，如果不是經人介紹的話，大概會以為那只是一戶飄著咖啡香的尋常住家吧。

它的大門像是要配合它的不起眼似的，設計的相當低矮，我推開木頭的大門低頭走進去，視線所及的是一個極專業的吧台，上面架滿了各式專業的酒杯及咖啡杯，裡頭還有一台大的過份的咖啡機以及另外一台相較之下顯得太小的虹吸式咖啡爐，吧台前來自世界各地的咖啡豆雜亂的隨意堆放著，裡頭站著一個表情很明顯不太想理人的女人，真好，老闆娘還是依舊在，依舊沒變。

還是我每次看到她時的模樣。

她總穿了一身的黑，臉色卻異常的蒼白，左手食指和中指夾著一根細長的香菸，卻沒有想要抽的意思；她身後是一個種類齊全的酒架，或許晚上還兼著賣酒吧！每次來時我總想問問她，但結果每次都沒問。

這個過份招搖的專業吧台佔去了咖啡館一半以上的空間，剩下的是總計不過五、六張的桌子，最大的是四人座最小則是兩人座，就算生意冷清看來也像客滿，但我想這應該不是它之所以這樣狹窄的用意。

我依舊是挑了最靠近門口的位置坐下，坐定之後轉頭對很酷的老闆娘要了一杯熱咖啡，她聽了之後頭也不抬的僅是嗯了一聲，然後捻熄了菸，開始動手煮咖啡，這樣不愛搭理人的老闆娘，卻性格的好像她本來就應該這個樣子的姿態。

咖啡上桌。

一杯咖啡，一個人，一隻貓，還有、久違了的第一根香菸；在尼古丁送進肺部深處的同時，我忍不住思考了這個問題：我是從什麼時候開始戒了菸的？那妳呢？妳又是從什麼時候開始抽菸的？

『喵～』

吐出菸霧時，小虎斑抗議似的叫著。

『你也不喜歡菸味呀？』

『喵～』

『那為什麼妳也開始抽菸了呢？』

惡作劇似的把菸霧往小虎斑臉上噴去，結果小虎斑生氣了、索性從我腿上一躍而下，跑走了。

『脾氣那麼大呀。』

『嘖，很久沒看你這樣了耶！脾氣這麼大。』

搖搖頭我苦笑，確實也是呀！我已經好久沒發過脾氣了，是從什麼時候開始的呢？我竟然變成一個連自己都感覺陌生的人。

從遇見克萊兒之後嗎？又或者再早一點、出國流浪回來之後？

回來之後，第一個找上我的是阿文，想來也真是奇怪，換了新的門號、結果第一個打我手機的人卻是一個堅持不用手機的人。

『你是移民了哦？那麼久不見人。』

『畢業旅行啦。』

『最好是啦，幹嘛去了你？這一年？』

『去了一樁長久以來的心願。』

『大聯盟？』

『哈！每場比賽都看了，真爽！』

『喲，原來你比曹錦輝還早上大聯盟嘛。』

『說的好。』

『你會不會太好命啦？』

『沒辦法，我老子有錢呀。』

『你怎麼知道我要講什麼？』

『你要講什麼?』

『你想我們來開一間酒吧怎麼樣?你當老闆、我當酒保;反過來也無所謂,反正我可以教你調酒。』

『酒吧?』

『嗯,現在萬事俱備,只欠東風了,你老子應該會出錢吧?』

『你又被炒魷魚囉?』

『沒,相反的,我幹的可好了,所以我才想呀、乾脆我們自己來弄個酒吧,店面我談好了,你找個時間上台北來我帶你去看。』

『在台北?我去台北幹嘛?』

『那你留在家裡幹嘛?』

『……』

『該走出來了小老弟。』

『說的也是。』

說的也是。

香菸燃燒到底、燙痛了我的食指,回過神來我把菸捻熄,這才想起小虎斑到哪去了?竟還沒有想要回來的意思,不安的看了看緊閉的木頭大門,才心想應該不至於會跑了出去吧的時候,冷漠老闆娘就叫住了我,然後指了指最裡頭的方向,然後……

然後我看見妳,就坐在最角落的位置裡,而小虎斑就蹉在妳細細的腳踝旁,妳低垂著頭搔著牠癢；我看不見妳此時臉上真正的表情，我看不見妳有沒有看見我——我只看見無數的選擇在我的眼前展開。

深呼吸，我決定直接走向妳，就像最初的那個我一樣。

『嘿，看來我的貓比較喜歡妳呀。』

妳抬頭，不發一語地凝望著我，我試著從妳眼底搜尋一絲絲熟悉的訊息，但結果徒勞無功；我不確定妳是不認得我了？又或者是故作的陌生，就像上次那樣。

我唯一確定的是，眼前的這個女孩就是妳沒錯，千真萬確的，那個我曾經愛過、也傷過的妳。

我們到底深刻過，不是嗎？

『妳不認得我了嗎？』

『我們認識嗎？』

這是妳開口的第一句話，在四年不見的的今天，妳給我的第一句話，和十年前如出一轍；我覺得有些莞爾，感覺自己好像回到了十年前那個年少輕狂的我。

我決定冒險：

『少來了，這個地方哪個人不認識我？』

『我。』

『我叫小米，這咖啡館是我帶妳來的，我沒想到居然會在這裡遇見妳，我有很多的疑問想問妳，不過首先——我可以坐下嗎？老闆娘是不是在背後瞪著我？』

『這是兩個問題。』

結果妳這麼回答，然後笑。依舊是我記憶中的那張笑臉，我最愛的、妳的笑臉。

『你可以坐下沒關係，因為她確實就在背後瞪你。』

鬆了口氣我坐下，然而才一坐定、妳隨即捉起包包起身。

『而且我反正也要走了，BYE BYE囉。』

妳說BYE BYE囉，對小虎斑說，不是我。

『晴晴！』

『我想你認錯人了。』

然後妳離開，以一種逃離的姿態，離開。

抱起小虎斑、我丟了鈔票在桌上，推開木頭大門、我看見妳的背影離我越來越遠，越來越遠——又要失去了嗎？

拿出手機，回撥，我看見妳停下腳步，拿出手機，然後……

然後妳將它丟棄在路邊，當妳搭上計程車離開時，那手機甚至還在響著。

一筆勾消了，這是妳的暗示嗎？

》第七章《

之一

第一眼看到你的時候我就認出你來了。

當你推開沉重的木頭大門走進這咖啡館、走進我的視線時，我覺得呼吸困難、我覺得坐立難安，我害怕你會發現我，我害怕一旦你發現我時、反應會是直接的注視，那會提醒我曾經的深陷，我害怕。

我痛怕了、那深陷。

我沒想過會再遇見你，無論是在台北、又或者此時此刻的再重逢。

關上木頭大門，這狹小的咖啡館又重新恢復原先的幽暗，你沒多想的就挑了最近的位置坐下，這點你還是沒變：你不喜歡選擇，也慣於被注視，你從來就是那種活在眾人目光底下的典型，你為什麼總是麼自信？你哪來那麼大的自信？

為什麼你總是打擾我的平靜？

我鬆了口氣，因為我的位置並不在你的視線範圍之內，於是我得以放心地仔細分辨你這些年來的轉變、在這一次：你的頭髮微長了些，整個人壯了些、也成熟許多，如今的你只剩下臉孔深邃的輪廓還醒著你身上原住民的血液，從你的身上再也察覺不出當年的血氣方剛，儘管在我第一眼看到你的那一瞬間、還是有種誤以為是當年的那個你向我走來的錯覺，因為你臉上明顯的暴躁。

說了誰都會笑吧？但我就是喜歡那樣的你，那樣強烈的你；唯我獨尊似的、霸氣。

霸氣。

你要了一杯熱咖啡，於是冷漠的老闆娘捻熄了香菸，開始動手煮咖啡，機器的運轉聲音蓋過了原來店內播放的西洋老歌，不知怎麼的，我又想起那首歌：關心永遠在——

每個人心中對未來都有不同的期待
我想你曾有的心情我明白

有些記憶有些願望　躲不過歲月
一片片像落葉　在風中凋謝

回過神，我看見你燃起了一根香菸，你專心的看著菸霧揚起的青絲，彷彿那些菸對你有話要說似的。

『喵～』

你腿上的小貓咪叫著、於是我才發現到牠的存在；我覺得有點好玩，你這樣高大的男人、身邊竟帶著一隻黏人的小貓咪，甚至你還和牠說起話來：

『你也不喜歡菸味呀？』

小貓咪又叫。

『那為什麼妳也開始抽菸了呢？』

我一楞，下意識的把菸捻熄，再抬頭，看見你惡作劇似的把菸霧往小虎斑臉上噴去，你呀……你總是這個樣。

無賴。

小貓咪像是生氣了似的，從你腿上一躍而下，牠在店裡繞呀繞的，最後竟選中我的腳踝待下，撒嬌著要撫摸。

沒辦法，我只好搔著牠的耳根看牠極舒服了似的以小臉頰磨蹭著我的腳踝——那是你的女朋友嗎、咖啡館裡那個嗲聲嗲氣的女人？她是不是也喜歡這樣撒嬌著你？你們交往多久了？會不會——我在幹嘛呀我！

搖搖頭我苦笑，再抬頭時我只感覺時間彷彿靜止——你正凝望著我，那筆直的注視，那曾經的深陷。

你直接的向我走來，就像最初的你那樣。

『嘿，看來我的貓比較喜歡妳呀。』

我不發一語地凝望著你，無數的選擇在我的眼前展開，我選擇安全，我沉默。

『妳不認得我了嗎？』

『我們認識嗎？』

你莞爾的笑了，是不是和我想的一樣？我們最初認識的對話？

『少來了，這個地方哪個人不認識我？』

『我。』

『我叫小米，這咖啡館是我帶妳來的，我沒想到居然會在這裡遇見妳，我有很多的疑問想問妳，不過首先——我可以坐下嗎？老闆娘是不是在背後瞪著我？』

『這是兩個問題。』

結果我這麼回答，然後笑。我覺得平靜了許多，我終於能夠直視你的注視。

『你可以坐下沒關係，因為她確實就在背後瞪你。』

鬆了口氣你坐下，然後我冒出一個惡作劇的念頭，我隨即捉起包包起身。

『而且我反正也要走了，BYE BYE囉。』

我對小虎斑道別，不是你。

『晴晴！』

『你認錯人了。』

然後我離開，以一種逃離的姿態，離開。

還是沒有把握，在你面前，我不知道我能夠勇敢多久；我從來沒有在你面前勇敢過，我不確定我能不能偽裝的來。

我快步的走著，走著，然後……然後我聽見我的手機響起，停下腳步我察看手機，心一緊，我決定把它丟棄。

早該這麼做了！早該……

不知道為什麼，在計程車上，我止不住的落淚，安靜而無聲的哭泣，感覺像是這段日子以來緊繃的情緒、所有的挫敗全在此時瓦解、溜出我的體內了！我覺得好舒服，哭的出來好舒服。

我已經想不起來有多久未曾掉過眼淚了。

回到旅館之後沒想到竟跟著下起豪大雨，很好，這會就是連露天溫泉也泡不成了，早知道就該先泡溫泉再出去逛的，我總是做錯決定，很好。

悶悶的倚在房間窗口抽菸，一面眺望著雨中即景的太平洋，一面恍恍惚惚的任由回憶向我侵襲而來——露天的溫泉池裡，春末夏初的台東，滿天的繁星，一對愛的正好的情侶——你的高中畢業旅行，我們初次的回憶。

『你其實在班上不受歡迎對不對?否則為什麼不參加畢業旅行呀?』

『少笨了妳,去了畢業旅行我現在有可能在這裡抱著妳嗎?』

『你真的很愛我對不對?』

『再說去了畢業旅行,訓導主任要求跟我睡同一間房的話我也不會覺得奇怪。』

『不想回答就算了。』

『回答什麼?』

『你繼續裝傻沒關係呀。』

『好啦好啦,三個字是吧?……我—要—妳。』

『王八蛋。』

而你到底有沒有說過我愛你呢?沒有,終究還是沒有,從最初到最後,都沒有。

算了吧!回憶有害。

不管雨了,我決定去泡雨中的溫泉,才想打電話詢問櫃檯、雨天是否依舊開放溫泉區時,我的手機就響起,是J。

『妳今天有開會嗎?』

『沒呀,不過我騙媽媽說要開會,然後偷跑到台東洗溫泉。』

『台東？』

『欸，殺青嘛，總得找個特別點的地方慶祝囉。』

『真好命，和誰呀？小瑋嗎？』

『沒呀，沒朋友，你又那麼忙，我只好自己一個人來囉。』

我能說的出口嗎？於是我說：

『怎麼可能，當然是和小幽囉。』

『晴晴……』

不對勁，我聽得出來。

『就是小幽打電話給我，她說找妳整天都找不到，妳為什麼不回她電話呢？出了什麼事嗎？』

『……』

『她打去妳家，妳媽媽說妳上台北開會——』

房間的電話正好響起，打斷了J，也打斷了他的拆穿，不知道為什麼，我竟然會覺得鬆了一口大氣。

『妳人在旅館裡嗎？』

『嗯。』

『一個人？』

『對，我再打給你好嗎？手機快沒電了。』

『我去找——』

電話掛斷。

接起。

『您好，這裡是櫃檯，請問是張晴晴小姐嗎？』

『我是，有事嗎？』

『大廳有您的訪客。』

是J嗎？他從頭到尾都在鬧我嗎？有可能嗎？他會知道這裡嗎？是小幽告訴他的嗎？小幽還會記得當年我曾經甜蜜描述過的這間旅館嗎？他真會為了我拋下工作跑來找我嗎？可能嗎？

一邊狐疑著一邊我走出房間來到大廳，淋的溼透的小貓咪朝我跑來，而淋的溼透的你則是站在原地，望著我。

感覺像是把這輩子該撒的謊全擠在今天一次用盡那樣，我覺得好累，我放棄了，算了，隨便吧，不管我，我累了。

『當面把別人送妳的禮物丟掉、這樣很沒禮貌吧。』

『你怎麼知道我在這裡？』

『我猜的。』

有些人就是天生幸運。望著你臉上的笑容，我想起你過去總是這麼自信道。

猜對了猜對了！你們全都猜對了可以嗎？我是個連說謊也不成功的失敗者，徹頭徹尾的失敗者，可以嗎？

接過你手中我的手機，再一次，我把它丟到旅館大廳的垃圾筒裡，然後轉身離開。

而你追上：

『妳也來畢業旅行呀？』

『什麼畢業旅行？』

『我們只能一直玩陌生人遊戲嗎？』

『我為什麼要記得你！』

『對不起……』

一個轉身的距離，結果我還是背叛了自己，在你寬厚的懷裡，眼淚回到它最初的依歸。

對不起，你從來沒有跟我道歉過，正如同你從來沒有親口說出我愛你。

『結果我又把妳惹哭了呀。』

『到底要、多少眼淚……我才能真正忘記你？』

『為什麼要忘記？』
『……』
『欠妳的……可不可以讓我還給妳？』
『你為什麼偏偏要在我最沮喪的時候出現？』
『或許是因為……當我最沮喪的時候，陪在我身邊的人，是妳。』
『但你不要我陪，你逃跑了，丟下我了。』
『那妳呢？』
『我不知道，我害怕。』
『我知道，我也怕過，在那時候；我放棄了自己，但妳沒有，妳沒放棄我。』

抬頭我凝望著你，我看見，過去的我們，微笑著、慢慢回到我們的身體。

而我只是在想，在我們的生命裡，曾經有某個夏天值得我們記憶。

我們不會記得那個夏天、鎂光燈的焦點是誰，我們不會記得那個夏天、台灣又拿下什麼第一；然而我們會記得那個夏天、那曾經心動過的痕跡；我們會記得那個夏天、是多麼措手不及的轉變成為大人。

我們會永遠記住，屬於自己的夏天。

還有那個夏天的男孩。

之二

我不知道為什麼妳會出現在這裡、這個咖啡館裡？為什麼妳隻身一人？為什麼妳看起來很孤單的樣子？我對現在的妳完全一無所知，但我決定賭一賭，因為過去的妳，我再熟悉不過。

撿起妳的手機，憑著記憶力、我尋找著那家曾經帶妳去過的旅館，還好，我的記性很好。

旅館，久違的旅館。

纏著櫃檯小姐查妳的名字，結果她雖然為難、卻還是答應；從停車場到大門被淋的雨總算值得。

妳一出現、小虎斑立刻就忘了主人跑向妳，哎！這隻小色貓。

『當面把別人送妳的禮物丟掉、這樣很沒禮貌吧。』

『你怎麼知道我在這裡？』

『我猜的。』

有些人就是天生幸運。例如說我。

妳接過手機，再一次，把它丟到旅館大廳的垃圾筒裡，然後轉身離開。

妳狠。

追上妳，我問。

『妳也來畢業旅行呀？』

『什麼畢業旅行？』

『我們只能一直玩陌生人遊戲嗎？』

『我為什麼要記得你！』

背影停住，過去的片段回憶彷彿一部老舊的放映機那般在我眼前展開。

是呀…為什麼妳要記得我？這樣一個……差勁的人！

『對不起……』

一個轉身的距離，妳走進我的懷裡，哭泣。

『結果我又把妳惹哭了呀。』

『到底要、多少眼淚……我才能真正忘記你？』

『為什麼要忘記？』

妳沉默，妳也不知道為什麼？是不是？

『欠妳的……可不可以讓我還給妳？』

『你為什麼偏偏要在我最沮喪的時候出現？』

『或許是因為……當我最沮喪的時候，陪在我身邊的人，是妳。』

『但你不要我陪，你逃跑了，丟下我了。』

『那妳呢？』

『我不知道，我害怕。』

『我知道，我也怕過，在那時候；我放棄了自己，但妳沒有，妳沒放棄我。』

真的，我真的只是害怕，失去了未來、沒有了舞台，連自己都不想愛自己了，妳為什麼卻偏偏還要愛我？我為什麼還值得妳愛？

妳還愛我嗎？

大雨在深夜時分停息，而此時我正愛撫著妳光滑的肌膚，我感覺的出來妳已經疲憊了，但依然固執的不肯睡去，是不是和我一樣？雖然累、可不想睡；從妳細微的動作、反應，我難免察覺出來在我之後、妳也經歷過了別的男人，但我沒問，不想問，就怕壞了這美好的時刻，這珍貴的美好，一碰就碎的珍貴。

那妳呢？妳是不是也和我一樣，這心情？

『不睏呀？』

翻過身，妳親吻著我的耳垂，問。

『當然，中場休息而已，下一場妳想在上面還下面？』

『神經。』
『那要不前面或後面？』
『你很煩耶！』
妳笑著鬧著咬我的肩膀，手指來回撫摸著那上頭的刺青：
『這是太陽嗎？』
『是晴晴。』
『最好是。』
『本來就是呀，我在紐約刺的。』
『原來你去了紐約呀。』
『美國，去看大聯盟，連爛的要命的比賽也沒錯過；雖然當作是畢業旅行看待，不過到處走走看看的，還是待了整整快一年。』
『是這個地方嗎？受傷？』
『嗯，妳忘了？那時候妳每天親吻著它，說是祈求會痊癒。』
於是妳再一次親吻著我的左肩，我把妳拉了更近了一些，這曾經熟悉過的身體，我貪婪的想要完全的感受。
『幾點啦？』

伸手我拿了手機，2：14。

『是該傳簡訊的時候了。』

妳的嘴角在我的左肩揚起，妳更正：

『是該你傳簡訊的時候了。』

於是我起身，拿了妳的手機：愛你在2：14。

接著我的手機響起，妳接起察看，笑著抗議道：

『你很狡滑耶！這樣不等於是我對你說的？』

『我一直就這樣呀。』

『欸……說真的，你有對誰說過我愛你嗎？』

『沒有。』

『說真的嘛。』

『真的呀。』

連對妳都說不出口了……

『為什麼？』

『因為我生病了呀。』

『生病？』

『生了一種說不出那三個字的病。』

『嘖……那如果硬是逼你說出口的話會怎麼樣？』

『暴斃。』

『神經病。』

翻過身，妳再度背對著我，我看見妳雪白的頸子上那道清晰的吻痕，一個太孤單了哦……

『別鬧嘛！』

『妳再這樣磨蹭我的話，中場休息要提前結束了哦。』

『小米！』

『妳選好位置了嗎？』

『你很煩耶！』

突然想起什麼似的，妳問：

『小貓咪咧？』

『牠叫小虎斑。』

『小虎斑咧？』

『我把牠關在浴室裡，牠年紀太小了，我們的畫面兒童不宜。』

『這樣太可憐了啦，把牠放出來嘛。』

『學前見習嗎？我會帶牠去結紮啦、不用了。』

『別鬧了啦，我說真的啦。』
『妳別被牠的無辜長相騙了，小虎斑心機很重，會趁睡覺的時候偷捉克萊兒的腳。』
『克萊兒？你女朋友？』
SHIT！
『嗯。』
那你呢？妳有男朋友嗎？還是已經結婚了？
我以為我這麼問了，但結果我沒有；把問到了嘴邊的話硬是吞了回去，我突然有股衝動：
『嘿，這次我們一起逃跑吧。』
『疑？』
『就像失樂園那樣呀，不過不用在火車上自殺倒是。』
『神經，我們又沒那麼老好嗎？』
『也都還沒結婚吧？』
妳點頭，我鬆了一口大氣：
『不賴呀，把那些東西都丟掉不管了，一起找個地方生活、就我們兩個……哦、還有小虎斑。』
『神經。』

『我認真的，就在這裡，我們找個房子住下來，每天和原住民同胞喝喝小米酒、看看海的，遺世獨居的，多好，人生總要瘋狂過一次呀！要不活著太沒意思了。』

妳沒有回答，妳起身坐在我的身上，中場休息結束了。

那答案呢？那我們呢？我們該怎麼辦？

我們在天濛亮的時候才終於沉沉睡去，然而不過九點左右，妳卻將我喚醒，以吻。

『欸，小米，我們去泡溫泉好不好？』

『嗯？』

『我想和你再泡一次溫泉。』

『好呀。』

溫泉池，我們兩人獨佔，因為此刻稀稀疏疏的客人此時全在餐廳裡吃著早餐。

白天畢竟不適合泡溫泉，更何況還是夏天的白天。

『真可惜，沒有星星了。』

『有太陽呀，所以很熱。』

『你很煞風景耶。』

『妳會不會餓？』

搖搖頭，妳說：

『我沒有吃早餐的習慣。』

『我也是……妳今天就要回去了嗎？』

『嗯……』

妳猶豫著，還好不是肯定的句點。

『那麼，讓在地人帶妳來個在地之旅如何？』

『你哪算在地人呀。』

『隨便啦，反正就這麼說定了。』

『欸，你為什麼正好也在台東呀？』

『我媽要結婚了，剛好帶她回家一趟，遇到妳之後我才終於比較高興她結婚了。』

『貧嘴。』

『妳呢？』

『我什麼？』

妳有男朋友嗎？還愛我嗎？有沒有可能、我們重新再來過？

『妳真的不餓呀？我其實餓的要命，大概是因為昨天火力全開的關係吧。』

還是問不出口。

『那你去吃嘛，我想回房間睡個回籠覺，因為你昨天火力全開的關係。』

我笑著親吻妳，而妳沒閃躲，我察覺到妳眼一閃而過的憂鬱、雖然妳掩飾的很好。

妳有男朋友嗎？還愛我嗎？有沒有可能、我們重新再來過？

結果問不出口的問題，答案卻出現在我眼前。

當我帶著牛奶回到房間時，不見妳的身影、卻只見小虎斑餓著肚子跑向我；把牛奶倒進杯子裡放在地下之後，我看見茶儿上妳留下的字條：突然有事，得先走了，再見。

妳逃跑了嗎？為什麼要不告而別？

也顧不得小虎斑還喝著牛奶，抱起牠我衝向大廳，我看見妳站在門口，才想喊住妳時，一個中年男子提著妳的行李走向妳，你們一起離開。

在和他四目相交的那一眼間，我突然認出、他就是曾經出現在我夢裡的那個陌生男人——

『是你不要的，為什麼還要回頭找？』

『我們只是因為當時都太年輕了。』

『但是太晚了，太晚了。』

『我真的不想再放棄一次。』

他是妳的誰？

≫第八章≪

之一

該結束了，是嗎？這意外的插曲，心動的旅程。

掛上J打來的電話之後，我凝望著依然熟睡的你，我看見句點。

就讓我再自私一次，好嗎？在句點畫下之前，讓我最後再自私一次，讓我再完成最後一個對你的心願，然後…然後我就要逃跑了。

換我逃跑了，這次。

『突然有事，得先走了，再見。』

走出房間，來到大廳，在辦退房手續的時候，J出現接過我的行李。

『我來吧。』

『嗯。』

離開，別回頭，別再回頭，別。

上車，駛離。

『你來的好快呀。』

『我擔心哪，打給妳的時候，我人已經離開台北了。』

『對不起。』

『發生什麼事了？』

『不知道該怎麼說。』

『為什麼不告訴我呢？劇本。』

『因為覺得好丟臉，我討厭被同情。』

『妳還年輕哪，這只是挫折、不是失敗呀。』

『我知道，可我就是覺得…好沮喪。』

因為我真的不想放棄，可卻還是只能夠放棄……

『趁著年輕多試試自己的可能總是好事。』

我想起老巫婆說過的。

我的可能性太小了……太渺小了！微不足道。連微不足道的可能都把我打敗。

車子離開山上回到平地，我們一直沉默到了第一個紅綠燈停下，J轉頭看著我、想要說些什麼，但不知怎麼的卻又打住。

『怎麼了嗎？』

J搖頭，我不懂為什麼此時的他眼寫滿哀傷。

『這是太陽嗎？』

『是晴晴，我的守護神。』

不是吧？

看著後照鏡，本來是想確定左邊的頸子是否留著你的吻痕，但才一抬頭，我看見、看見你，就在後方的那台車裡，駕駛座上的你，筆直的凝望著我。

『我們只能一直玩陌生人遊戲嗎？』

『我為什麼要記得你！』

『對不起……』

對不起，我們的句點，對不起。

『嘿，這次我們一起逃跑吧。』

一起逃跑嗎？一起…

『J？』

『哦，我沒看到綠燈了。』

最後的機會了……

踩下油門，J的方向盤打左，我的思緒亂飛；望著後照鏡，透過眼淚，我看見你揮手道別，然後右轉。

最後的機會……錯過了。

一個轉身的距離，不再了，遠去了。

『怎麼哭了?』

『結果我又把妳惹哭了呀。』

到底要、多少眼淚……我才能真正忘記你?

『是那個男人嗎?』

J直視著前方開車沒看我,而我也不敢看他。

『剛剛跟在我們車子後面的那個男人……』

『……』

『就是我在大廳看到的那個男人吧?』

『小米……他叫小米。』

『我從來……捨不得在妳的身上留下痕跡。』

『我沒想到會再遇見他。』

『我們……是不是愛的太理智了?』

『J——』

『先、回去台北再說,好嗎?』

『好。』

『人生總要瘋狂過一次呀!要不活著太沒意思了』

『蓉蓉在找妳，妳要先去見她嗎？』

『疑？』

『她找妳整天了，我手機都快被她打爆了。』

『生了一種說不出那三個字的病。』

『那如果硬是逼你說出口的話會怎麼樣？』

『暴斃。』

『晴晴？』

『嗯？』

『妳在想事情呀？我剛說，找個時間我們去旅行好嗎？週末也可以。』

『週末？你——』

『仔細回想，我好像從來沒帶妳出去玩過，太失責了呀我。』

『我們是不是愛的太理智了？』

『人生總要瘋狂過一次呀！要不活著太沒意思了』

『我先去找蓉蓉好了。』

『那好吧。』

為什麼……我要逃避？

到了公司，下車。

『晚上妳要留下來嗎？』

『我不知道會和她到幾點……』

『沒關係，看怎麼樣妳再打電話給我。』

『好。』

『晴晴。』

『嗯？』

『別……別總是關在自己的世界裡，好嗎？』

『……』

『把心打開來，不管裡面裝的是什麼，都別害怕讓我看見，好嗎？』

我點頭，哽咽。

為什麼、J總是溫柔以對呢？如果心裡面裝的是對於另一個人的回憶，J會不會也害怕？會不會也幾乎窒息？就像我現在這樣。

目送J的車子消失在我的視線範圍後，念頭一轉，我往回走，想先喝杯咖啡再說。

推開咖啡館的玻璃大門，不見上次那個女服務生，只有那個親切過了頭的老闆娘，而她今天看來心情卻很差的樣子。

『妳就是小米的女朋友嗎？』

點餐時，我以為我這麼問了，但是結果我沒有；我向她問起那個女服務生，吃力的形容著她的長相，不知怎麼的、我發現我很喜歡那個小女生。

『她辭職了。』

『疑？』

『私人因素。』

她笑著說，然後離開。她的笑容看起來很累的樣子，就是在那個當下，我幾乎就能確定了——我也曾經有過那樣的笑容哪——愛你愛的好累，可越累、越放不開手。

手機響起，是老巫婆。她到底還想打擊我什麼呢？嘆了口氣，我還是接起。

『上帝保佑，妳終於肯讓人找到啦？』

還是那麼刺耳的聲音。

『妳現在人在哪裡？』

我告訴了她這咖啡館的名字。

『十分鐘，我去找妳，先幫我點好餐，和妳一樣的就可以了。』

電話掛斷，這老愛掛別人電話的老巫婆。

十分鐘，分秒不差，老巫婆出現在我的面前坐定。

『妳吃什麼？很好，我就記得妳也愛牛肉，餓死了我，一早就被叫去開會，忙到現在都還沒吃飯，咖啡倒是喝了不少，沒辦法，早上沒人上班，沒人給我們買食物，連菸都得自己出去買，哎！』

『妳如果只是想找人說妳有多忙碌的話，我應該不是第一人選吧。』

老巫婆抬頭盯住我看，我下意識的遮住頸子，不過來不及，她總是比我快。

『玩得挺開心的嘛。』

干妳屁事。算了、別說的好，反正我吵架也沒吵贏過她。

『託妳的福。』

『既然玩夠了，那也差不多該收心了。』

『收什麼心？』

老巫婆拿了一個紙袋推來給我，打開一看，是一整套的少女漫畫。

『我已經過了看少女漫畫的年紀了。』

『真巧，我也是，而且比妳久很多。』

十分鐘，老巫婆把牛排解決清空，轉頭態度很差的催著她的咖啡，然後抽菸，老大不客氣的把菸霧往我臉上噴，這老婊子。

『妳要不要再一杯咖啡？』

『好呀。』

『喂！兩杯。』

老巫婆轉頭吆喝著，沒禮貌的老婊子。

『這裡不是公司拜託妳有水準一點好不好？』

『嘖。開了整天的會就為了這個，這次我們要改編成偶像劇的東西，就我和妳這次，兩個人寫。』

『吭？妳下海寫劇本？』

『要不妳想一個人寫也可以。』

『當我沒問。』

『人越多越會拖，不要說是妳、就連我自己也受不了又前功盡棄；所以這次、就我和妳，細節曉心會打電話告訴妳，別又搞失蹤。』

『為什麼是我？』

『我不是告訴過妳了嗎？保持聯絡，如果妳耳朵長繭的話，我會建議妳去看個耳鼻喉科先。』

該看耳鼻喉科的人明明是她吧。

『為什麼是我？』

『不要放棄的太早，妳怎麼老是沒把我的話聽進去？』

『為什麼是我？』

『三個編劇裡面我就看好妳，雖然妳的個性不令人欣賞、不過妳有這個才能，如果妳想聽的是這個的話。』

『如果妳學會適時讚美別人的話，我會比較高興一點。』

『知道了，我考慮考慮。』

然後我們相視而笑。

不要放棄的太早，我怎麼總是忘記曾經對你說過的這句話？

『趁能笑的時候多笑吧！這戲秋天要開拍，接下來會趕到妳笑不出來。』

『秋天？』

我有沒有聽錯？

『保持聯絡，不要讓我一直提醒妳這句話，這頓算我的。』

『謝謝妳。』

『別客氣，反正報公司帳。』

『妳知道我謝的是什麼。』

『知道了，合作愉快，還有，妳要再聽話一點比較好，我有高血壓，別害我。』

『好啦。』

別放棄的太早，不要在機會敲門的前一秒就放棄希望了。

吶、小米……如果你當初沒放棄的話……那麼現在的我們……會是什麼模樣？

之二

紅燈。

我在內心交戰著，是該下車開門走向妳、當著他的面堅定的告訴妳、我不要再失去妳一次了、無論如何；還是眼睜睜的目送他帶走妳、還在心底祝福你們幸福要從此過著王子與公主般的快樂生活？

緊握著門把，掙扎。

怎麼做？妳希望我怎麼做？還是這一次、換妳做決定？

綠燈了。

妳好像開口說了什麼，然後車子移動，你們左轉，我望著後照鏡裡妳的眼淚——該追上嗎？

怎麼做？妳希望我怎麼做？堅持還是放棄？挽回還是離開？

越來越遠了、越來越遠了，一個轉身的距離……過去了。

因為用力過度而浮起青筋的左手離開門把，舉起向妳揮別。

深呼吸，方向盤左打，該回去了，深呼吸。

好奇怪的感覺呀！四年前視而不見的後悔，卻在四年後的今天遲遲到來。

連本帶利的到來。

一邊REPEAT著《關心永遠在》，一邊我慢慢的開車回外公家。

有些記憶有些願望　躲不過歲月
一片片　像落葉　在風中凋謝
有些堅持有些等待　卻不會改變
只因為收藏在心的最深處

我該堅持嗎？該嗎？

外公家——

在門口悶悶抽菸的阿文、一看到我就激動的大吼：

『大少爺，你想把人急死呀！喝個咖啡需要喝掉一整天嗎？』

『我有傳簡訊給媽媽呀。』

『你傳的是會晚點回來，可沒說你會乾脆在外面過夜；你下次要搞這種飛機的時候也別選在剛甩完車尾之後好嗎？』

忍不住我就笑了：

『還真要謝謝你跟我吵架哦。』

『聽起來像是發生了什麼好事嘛！你這臭小子。』

『說來話長，外公咧？』

阿文把菸蒂彈的老遠：

『爸爸生病了。』

我覺得很不安，因為阿文很少會這麼禮貌的叫外公為爸爸。

『昨天晚上的事嗎？』

『上個月，在上山摔斷了腿，老頑固，要不是我們回家，誰知道他還想瞞到什麼時候，瞞什麼瞞呀、死要面子。』

『我去看他。』

『晚點吧，他剛睡，你媽也是，他們聊了整夜。』

『外公沒事吧？』

『誰曉得他還有什麼沒說的，當了他三十幾年的兒子，居然還是到昨天才知道原來他有心臟病，哼！』

捏了捏阿文的脖子，我們沉默的燃起兩根香菸。

『老了好多。』

『嗯？』

『那老頭，媽的還真懷念以前他拿我的棒球棍追著我打的狠勁。』

『我倒是……』

『對不起，我忘了你老子只會拿著鈔票問你錢夠不夠花。』

『是支票。』

『不肖子。』

『喂！』

『我說我啦！一輩子在他眼中都是沒用的不肖子吧！光會惹事、沒出息的小兒子；哪一次不是他先修理完我、再出去幫我擦屁股的？幹！好不容易球打得還不錯、結果還是搞砸了……媽的你知道我的夢想是什麼嗎？』

『什麼？』

『變成全壘打王，在電視上感謝我老子從小追著我打。』

『幾歲了你，哭什麼哭！』

『可是我現在只希望他再站起來大聲吼我幾句也好，媽的、真不爽看他變老。』

『這就是人生嘛。』

『喂、要不要投球玩玩？手套還在哦。』

『好呀。』

結果我們一來一往的投沒幾顆球就累了，看來這傢伙昨晚也一夜沒睡吧！

一邊玩弄著棒球手套，一邊我們抽著菸看山頂的日落；也不知道是沉默了多久之後，阿文才又說道：

『這樣的日子也不賴吧！』

『嗯，挺適合養老的。』

『如果我辭了工作回家種田，你不會氣我吧？』

『你開玩笑的還認真的？』

『我也不曉得，只是突然想到從國中我就住校了，在外面的日子搞不好還多過在家裡，老頭還有多少時間讓我陪呀！』

『你不要唱衰外公好不好？他可還老來得子耶！』

『對啦對啦！我們原住民同胞最身強體壯的啦。』

『呵。』

『走啦，吃飯了，不介意在他房間開飯吧？』

『不會呀。』

結果隔天我還是帶著阿文回台北，而至於媽媽則說她想多留幾天，等到週末時再叫她新老公來接她。

『要不然把他叫來台東跟我結婚呀。』

媽媽說。

真灑脫。

『可不可以不要再REPEAT這首歌啦？我聽的耳朵痛死了，你小心BEYOND來找你抗議說他們唱的很累。』

在車上阿文只說了這句話，不過我還是覺得滿高興的，就算再傷心在擔心再沮喪再挫折，他還是我熟悉的那個阿文，幽默感不怎麼高尚的阿文。

回到台北之後，我們直接到酒吧開店營業，打烊的時候我們一邊聊著回家要發狠睡他個二十四小時，一邊就驚訝的看見克萊兒來酒吧找我。

『看來有人沒得睡囉。』

『閉嘴啦。』

阿文不但閉了嘴，而且還很識相的去洗杯子。

『怎麼來啦？妳明天不上班嗎？』

『突然很想你嘛，就跑來啦。』

『傻瓜。』

『其實是失眠啦，睡不著、就乾脆出來透透氣算了。』

『要喝酒嗎？我等一下可以順便送妳回去，反正有個拖油瓶。』

『那你要在我那邊過夜嗎？』

搖搖頭，我說：

『今天才從台東回來還直接開店，累慘了。』

『那剛好我幫你按摩嘛。』

『下次啦，妳那裡沒貓砂，小虎斑會得膀胱炎。』

『哦。』

『喂！你還沒要走的話，我就先搭計程車回家囉。』

『克萊兒？』

『走呀。』

三個人，一隻貓，沉默到底的沉默，連小虎斑也累了。

先送完拖油瓶到家之後，在往克萊兒回家的途中，她才終於打破了沉默：

『你什麼時候開始不戴錶的呀？』

『夏天呀，我容易流汗。』

我試著輕描淡寫的說，但心裡卻有一種風雨欲來的預感；克萊兒應該不會無聊到拿這對錶作文章吧？

『我的錶倒是停了，沒電了吧。』

『哦。』

『前天晚上停的。』

『不會剛好停在兩點十四分吧？』

『不是呀，怎麼問？』

『隨口問問的而已。』

『哦。』

克萊兒公寓樓下，小虎斑一見她下車就立刻回牠的位置，駕駛右座。

『掰囉。』

『小米……』

『嗯？』

『你還愛我嗎？』

『突然的、說什麼呀。』

『我最近老覺得怪怪的嘛，手錶又剛好停了，而且還是你送的對錶……』

『換個電池就好啦，別想太多了，掰。』

『小米！』

『又怎麼啦？』

『你告訴我好不好？我們會不會結婚？』

該現在告訴克萊兒嗎？遇見妳的事。

還是下次吧，我真的很累了，脾氣也累差了。

『結婚要幹嘛？』

『就……想結婚嘛。』

『不結婚，也不同居，我一開始就跟妳說了。』

『可是你那時候又不一樣。』

對！我那時候日子過的很靡爛，每個接近的女人我都接受，每個接受的女人我都只記得她們的下半身，然後克萊兒出現在我感覺厭倦了的時候，慢慢的我不再年輕了、想要安定了，那又怎樣？結了婚又怎樣？

『妳是有了嗎？』

『有了的話你會怎麼樣？』

『陪妳去拿掉。』

『……』

『妳到底是不是有了？』

『不告訴你！』

『克萊兒！』

下車我拉住克萊兒，還好她在我情緒失控之前給了我一巴掌。

『我就問這最後一次，妳是不是有了？』

『你就不能為我改變嗎？』

『再見。』

『我明年就三十歲了小米！我真的好想有你的孩子，我們的孩子。』

『我說過了我討厭小孩。』

『……』

『如果妳有壓力的話，我們可以分——』

『今天是我們交往兩週年紀念日。』

好累。眼皮好重。

『妳知道我……一向不是那種、細心的個性。』

『那你今天起碼留下來陪我，好不好？』

『妳先上樓，我找停車位。』

這是我睡前說的最後一句話。

》第九章《

之一

接到一通莫名其妙的電話，而當時我仍睡得迷糊，劈頭那女人就問：

『妳是誰？』

『妳找誰？』

然後她就掛斷了電話。

什麼情形現在？

管他的，我累死了，閉上眼睛我繼續補眠，不過這睡意已經被打擾，我發了一場好笑的夢：那套我連夜看完的漫畫、人物全跑到我的夢裡攪和了；天哪，真是有生以來最少女情懷的夢。

壓力太大了嗎我？

手機又響起，掙扎了好久我才痛苦的接起，是我的壓力主：

『都下午了妳還沒開工呀？』

『今天要開會？！』

嚇了一跳我瞬間清醒，不過老巫婆倒是很得意似的、笑著說：

『沒有呀，不過有好消息和壞消息，妳要先聽哪一個？』

『方便的話一個輪流各說一句如何？這樣比較平衡。』

『哈！長話短話。時間太趕了，這次我們電話討論就好了，沒時間給妳浪費在坐車了。』

『哦，那好消息呢？』

『睡傻啦妳？壞消息是這星期前把漫畫謄成劇本格式伊媚兒給我，不包括週末，我不像妳是SOHO，我週休二日。』

『三天寫十三集？』

『更正，是兩天半，今天已經過了一半了。』

要命。

『謄本而已又不是劇本，這個要求很過份嗎？』

『不會呀，反正我又不是妳生的，儘管糟蹋別客氣。』

『很好，非常正確的工作態度。』

嘖。

起床，梳洗，帶著整套的少女漫畫還有紙筆，我出門。

雖然在咖啡館裡把這東西攤在桌上是非常丟臉的事情，不過沒有辦法，也不知道是什麼怪毛病，不待在這家冷清的咖啡館裡，我就是沒有辦法下筆。

下筆。

再停筆時外頭的天色已經完全暗下來了，而我的手也差不多快報廢了。

兩集，算是我的歷史記錄了，不過還是很危險。哎！老巫婆的小孩以後最好別讓我遇到。

一邊轉著脖子甩著手、這時我才看見小瑋就坐在對面的桌子對著我笑。

『真是全神貫注呀，大編劇。』

『你下班囉？』

『對呀，餐都吃完妳都還沒發現我哦？』

『對呀。』

『哎，獨居男子的悲哀，一個人吃晚餐就算了，巧遇好友居然還被忽略。』

『神經哦，我快被這鬼東西趕死了。』

小瑋拿起東西換到我的這張桌子，好奇的看著桌上凌亂的漫畫。

『有什麼可以幫忙的嗎？』

『幫我按摩～～我肩膀差不多變成石頭了。』

『好呀。』

然後小瑋又換到了我身邊的座位。

『對，我真的覺得妳自私沒錯，妳對小瑋也是這樣，妳從來就只關心自己的事！』

『開玩笑的啦，還真的咧。』

下意識的我挪了身體，讓我們之間的距離不要這麼親密。

『客氣什麼呀？又不是沒幫妳按摩過。』

小瑋還是拉起我僵硬的右手，按摩。

舒服。真舒服。

『小幽告訴我了哦。』

『我知道呀，妳們還吵了架不是？真精采，我未免也太有魅力了吧！讓一對情同姐妹的好友為了我翻臉，哈！刺激呀刺激，下次再來的話、可不可以讓我在旁邊觀戰？』

『你就是這樣老愛油腔滑調的，小幽才會那麼不安吧。』

『這就是我呀。』

『夠了，謝謝。』

抽開手，雖然不想像個囉嗦的老太婆那樣，不過沒辦法，小瑋這傢伙實在讓人放不下心⋯

『你幹嘛不告訴我呀？』

『又沒確定就到處嚷嚷哦？搞不好被當成是我自作多情，把露水姻緣錯成真愛一世情，我可不想給人看笑話，還說我自作多情、害我晚節不保。』

露水姻緣？那我們呢？也只是久別重逢的一夜情呢？

『幹嘛露出那種臉呀？我說錯話了嗎？』

『不是啦……欸，你不想認真嗎？小幽不錯呀。』

『我知道呀，不過沒可能吧。』

『怎麼說？你在沙發上的表現不佳嗎？』

然後小瑋就抱著肚子狂笑了起來，這有什麼好笑的？

『你正經一點好不好？丟臉死了，想被趕出去哦？』

『哈～～笑到我受不了啦！小幽沒告訴妳哦？』

『拜託哦，我們又不像你，巴不得把自己的性生活公開全世界。』

『不是啦，我是說、她沒說要長駐大陸的事？』

『疑？』

『表現太好了呀，安決定派她反攻大陸，真了不起，年紀輕輕的就成了台幹。』

抽菸，平靜。

『她沒告訴我。』
『妳不接她電話她怎麼告訴妳。』
『什麼時候要去?』
『等這開發季結束吧，反正最晚冬天就會變成大陸人了。』
小幽……要離開我了嗎?
『那裡怎麼樣?』
『嗯?』
『大陸呀，妳不是也去過?』
『沒日沒夜，沒時間花錢，悶。』
『呵!那還好妳閃的快。如果妳還在的話，去的人應該會是妳吧。』
『神經病。』
『真的呀，妳管起人來多有架勢呀!嘖嘖嘖!連安都自嘆不如呢，激賞呀激賞。』
『安好嗎?』
『老樣子囉，J呢?』
該不該坦白呢?算了吧!小瑋這伙傢只懂性不懂愛，說了也是白搭。
『也是老樣子呀!忙。』
『哦…妳是來多久啦?寫這麼多…手還能用嗎?』

『差不多可以拿去資源回收了。』

『搞不懂妳什麼要堅持手寫再KEY IN呀?自找苦吃。』

『沒辦法，我有我的SOP。』

『什麼是SOP?』

『標準作業流程。』

『神經病!妳呀…老愛繞遠路。』

是呀…繞了一大圈，結果卻又遇見你。

『晴晴……』

『幹嘛用哭腔喊我名字?』

『妳一個人去旅行哦?』

『對呀，挺詩意的，你下次也試試。』

『對不起。』

『幹嘛道歉呀?』

『我這個一日情人太失責了。』

『搞什麼每個人都覺得對我有責任呀?真的很受不了耶!』

『我不是那個意思啦!不過下次不要再一個人了啦……太孤單了呀，妳明明有我們、還有J。』

『欠妳的……可不可以讓我還給妳？』

『小瑋呀，該結束了吧。』

『什麼東西？』

『一日情人的遊戲呀，如果你是真喜歡小幽的話。』

『瘋了哦，她都要長駐大陸了。』

『把她留下來呀。』

『妳嘛幫幫忙！誰會為了愛情放棄事業呀！妳是寫劇本寫到忘記現實了哦？』

『說的也是。』

說的也是。

結果小瑋好心的留下來陪我寫劇本，他笨手笨腳的把我的手稿KEY IN進他的筆記電腦裡。

『這樣我回去再伊給妳，妳排個版就好了。』

『謝囉，有你這個朋友真是我上輩子修來的福氣呢！』

『知道就好。』

接下來的整個晚上我們就說了這幾句話，然後消耗掉大量的咖啡、香菸還有紙張，等到咖啡館打烊時，我們合力完成了四集。

『這頓算我的。』

『不好意思哦，小的可從不讓女人請客。』

『哎…你真的是活在清朝對不對？』

『隨妳怎麼說，反正我就是這樣。』

並肩走出咖啡館時，小瑋突然望著天空，又說：

『對了！我今天來的時候看到彩虹哦！真美。』

『彩虹！可惡我居然錯過了！很難得耶彩虹！』

『誰叫妳老把自己關在裡面。』

『別總是關在自己的世界裡，好嗎？』

『妳想——』

『如果——』

『女士優先說。』

『女士決定男士優先說。』

結果我還是打消了想吐露的念頭。

算了吧、反正想也知道會得到怎麼樣的回應——他傷過妳呀、他對妳有害啦、他不合適妳呀——而我只是在想，他們又哪裡知道、我們之間並不只是他們所看到的、聽到的那樣而已呀！置身事外的人從來就只能從表面斷論、而辦不到真正的感同身受吧！畢竟置身其中的我們所看到的、感受到的，從來就不只是旁人所看到的表面而已呀。

『妳想小幽是真的喜歡我嗎？』

『這我哪知道，我又不是她。』

『說的也是……妳知道嗎？去了大陸她薪水就比我高了耶！而且還高很多。』

『天哪小瑋！什麼年代了現在，你何不聊聊你們清朝人的生活呢？』

『謝妳喔，不過說真的啦，時代再進步，有些東西是永遠不會變的。』

『例如什麼？』

『人的本性。』

『真抽象，不愧是清朝人會說的話。』

『我也不會說，反正就那樣啦。』

『哦。』

結果回到家、正把今天的業績伊給老巫婆時，我又接到了那通莫名其妙的電話：

『妳是小米的誰？』

我慌忙的關了手機，這次我聽出了她的聲音。

你們怎麼了？

你是認真的嗎？

之二

連續打了幾天妳的手機，結果得到的回應都是千篇一律的：您所撥的電話暫時無法接聽……

我納悶的察看手機，確實就是那晚的手機發出簡訊的號碼沒錯呀……

怎麼了嗎？為什麼一直關機？

『打給誰呀？』

阿文走近我身邊，累趴趴的問。是因為夏天要結束了的關係嗎？近來生意不知道搞什麼的好。

抬頭，我先是驚訝於他的口氣裡居然沒有酒味，再低頭、那只彷彿是生長在他手中的酒杯不知道從什麼時候開始換成了可口可樂。

『我確定一下，你是在戒酒嗎？』

『不行哦。』

敲敲阿文的額頭：

『麻煩你請我認識的那個阿文出來好嗎？』

『你認識的那個阿文想長大了，祝福我吧。』

『哇哇哇！你是受了什麼刺激不成？』

『再這樣下去我搞不好走的比我老頭還早，可不想下了地獄還聽到他罵個耳根子不清淨；而且，不開始保養身體的話，在田裡昏倒了可難看。』

『真不賴，外公摔了條腿倒是撿回一個乖兒子。』

『小米，我是認真的，你什麼時候才要開始找新的酒保？』

『不要呀，這酒吧當初是你說要弄的，你想走的話，就乾脆收起來算了。』

『不要任性了小米，這酒吧是我人生做過唯一成功的事，你敢收的話我就殺了你。』

『任性的人是你吧？我敢打賭要不了一個星期，你又會提著行李來找我了，要不這樣好了，你放個長假沒關係，但我不會請新的酒保的。』

『我真的只是想回家了，還是家鄉好呀！』

『拜託！外公又沒嚴重到要你把屎把尿的。』

『我只是想回家不行嗎？』

『想回家的話你可以休假回家呀，要不這樣、我可以再多請一個新的酒保，但是你不准拍拍屁股閃人。』

『你別逼我說出來。』

『說什麼？』

『你沒跟你老子生活過，你不會知道我的感受。』

『我要先走了。』

『小米！』

FUCK！什麼鳥事都在發生。

抱起小虎斑我離開酒吧，念頭一轉、我決定開車跑去陽明山泡溫泉。

抬頭，連個星星也沒有，是這座城市太亮眼了還是太灰暗了？我是不是也該離開了？這原本就不屬於我的台北……只是、又有哪裡是真正屬於我的地方呢？

連媽媽都要嫁人了……活了二十七個年頭，卻連個真正屬於自己的地方也沒有……

『你告訴我好不好？我們會不會結婚？』

『喝完咖啡別忘了把我兒子帶回來，要長大後的那一個喔。』

『你認識的那個阿文想長大了。』

沒長大過的人……其實是我吧？

嘆了口氣，我起身離開溫泉池，回到車上的時候，才發現我的手機差點給打爆了。

『那如果硬是逼你說出口的話會怎麼樣？』

『暴斃。』

對著手機，我試著說我愛妳，結果卻發現聲音聽起來連自己都覺得陌生。

會不會我確實就是缺乏愛人的能力？

算了，少煩自己了。

十幾通的未接來電：酒吧、媽媽……沒有妳。

也是，把手機關了，妳怎麼會知道我在找妳？為什麼關機？妳在躲我嗎？那個男人是誰？他對妳好嗎？你們幸福嗎？妳為什麼會一個人去旅行？為什麼一個人循著我們曾經走過的足跡旅行？

『你為什麼偏偏要在我最沮喪的時候出現？』

妳為什麼從來就只是問我、卻不回答我？

煩死我。

一封訊息：克萊兒。

克萊兒？

『愛你在2:14』

怔怔的望著這熟悉的簡訊，我感覺到我的憤怒在燒，我的理智在燒……

『你就不能為我改變嗎？』

『那你今天起碼留下來陪我，好不好？』

回撥，結果沒想到接起的人竟然是阿文：

『怎麼是你？』

『搞什麼飛機呀？你馬子在這裡喝醉了啦。』

『怎麼回事呀？』
『你問我哦？我才想問你咧。』
『我去接她，你等我。』
『你最好是快一點，我快失去耐性哦。』

掛了電話，開車。結果才發動引擎時、我的手機又響起。
是媽媽。
『小米你怎麼又不接電話？』
『我有急事，回去再打給妳好不好？』
『可是——』
『掰。』
所有人都約好了一起煩我是不是？

回到酒吧，門口已經換上了打烊的掛牌，下樓，只看見阿文臭著臉在清理現場，而至於克萊兒則是癱軟在長沙發上。
『你欠我一次，這女人吐得亂七八糟的，臭死了。』
『嗯。』
『雖然時機不對，不過如果是關於你在台東那個晚上的事，我覺得與其被她自己發現，還不如你主動告訴她比較好。』

『知道了，謝謝。』

『你這狗兒子，生下來傷女人心的是不是？』

『想幹架嗎？』

『想走了。』

『剩下的我來就好了。』

『就等你這句話。』

抱起克萊兒到廁所，我用冷水潑她的臉。

『小米？』

『醒啦？』

『唔……好難過、想吐。』

沒辦法，抱著她到馬桶前，一邊拍著她的背、一邊忍不住把臉轉開；憋住氣直到克萊兒連膽汁都吐了出來後，我按下沖水鍵，然後扶起她到洗手檯前，從鏡子裡看著她搖搖晃晃的洗臉。

鬆了口氣，忍不住馬上抽根香菸。太悶了，太煩了。

『泡杯熱咖啡給妳吧？還是要解酒益？反正阿文用不到了。』

『咖啡。』

克萊兒怔怔望著鏡子裡自己的臉，回答；她溼溼的臉上已分不出來是淚還是水了。

『你這狗兒子，生下來傷女人心的是不是？』

我是不是……真的不適合、愛？

長沙發上，克萊兒一邊喝著熱咖啡、一邊用熱毛巾按住臉；至於小虎斑則是很識相的躲得遠遠的。

『要幫妳按摩嗎？會輕鬆點。』

『不行，我一動就又會想吐。』

『清醒些了嗎？』

『嗯。』

『那封簡訊是怎麼回事？』

『這個問題是我該問你的吧？』

『妳偷看我手機對吧？』

『對。』

『什麼時候的事？』

『交往兩週年紀念日的那天晚上，你睡得很熟，應該是玩得很累吧？台東。』

克萊兒反諷的說，我想我們如果大吵一架的話、對雙方都會覺得好過一點吧！不過我已經連這點力氣也沒有了。

『她是誰？我認識嗎？』

『不認識，是我以前交往過的女朋友。』

『哪一個？我遇見你時的那一個？』

『不是，再之前。』

克萊兒開始啜泣。

『為什麼？我不夠好嗎？』

『不夠好的人是我，我……沒想到會再遇見她。』

『你愛她？還愛她？』

『不知道，我很混亂。』

『那我呢？你愛我嗎？愛過我嗎？』

『……』

『天哪！我以為我不一樣，所以你才會和我交往那麼久；兩年……你有和誰交往超過兩年的嗎？』

『我們……我是說和她，交往了六年，我們有過很多、很深刻的回憶，所以我很害怕……很怕到頭來又失敗了，所以我……只想男歡女愛、各取所需的就好，然後妳、妳出現。』

『六年又怎樣？你們有六年的感情、難道就可以推翻我們這兩年嗎？那我們這兩年來算什麼！』

『我沒有、從來沒有這麼想。我只是、只是沒想到……眼神會離不開她，我是說、再重逢的時候，簡直就像是……被釘住了那樣。』

『你真差勁。』

『我知道。』

沉默。三根香菸的沉默。

『她是不是來過我的咖啡館？』

『嗯？』

『我打過電話給她，我認得她的聲音。』

『原來如此。』

『小米！你可不可以不要總是這麼冷靜！我已經快要崩潰了你知道嗎！』

『如果是這樣的話，那分手可能會比較好一點、我想。』

『我恨你！』

『無所謂，反正她也不比妳少恨我。』

起身，克萊兒最後說：

『最後我再問你一次，你愛她嗎？』

『我想是吧。』

該高興嗎？這次的聲音聽起來比較不那麼陌生。

離開，克萊兒離開。一根香菸的時間過去之後，我收到克萊兒傳送給我的簡訊，最後的簡訊：

『我辦不到祝福你們，因為你根本不值得被愛。』

哭了嗎？摸了摸眼睛，還好沒有。

起身，我喚著小虎斑離開，在關燈的時候，我又收到另外一封簡訊：

『爸爸病危，速回電。』

外公？

按下回撥鍵，傳進我耳膜的是媽媽心力交瘁的聲音。

『我們走的時候外公不是還好好的嗎？怎麼突然——』

『小米，是你爸爸，肝癌，末期了。』

『對了，你幹嘛不接你爸電話？他找了你好多次。』

『你沒跟你老子生活過，你不會知道我的感受。』

『你好不好……打個電話給他?再怎麼說…你總是他兒子。』

『好。』

掛了電話，顫抖著尋找著電話簿裡那串從來也沒撥出過的號碼。

別哭，不行哭，不行在爸爸面前哭。

電話接通，我深呼吸。

『喂?』

一個陌生的女聲，恍惚間、我還以為是打錯了電話。

『是小米嗎?他睡了，我是他太太。』

『抱歉這麼晚還打擾。』

『沒關係，等他醒了我告訴他，他會很高興的。』

『我方便……去看他嗎?』

『他就是在等你呀，小米。』

他就是在等你呀……

》第十章《

之一

關上手機之後，我在信件末了附上家裡的電話，簡單的寫上因為有點事所以最近手機不會開機之後，我把這四集的謄本伊給老巫婆。

躺平，我試著睡去，可是沒辦法，一閉上眼睛、那些和你共同有過的畫面就自動跑出來打擾我。

妳是小米的誰？

妳是小米的誰？

妳是小米的誰？

天哪！浪費了兩個小時對抗失眠之後，我決定放棄。

躡手躡腳的下樓到廚房泡了杯咖啡，回房間在等待電腦開機的同時，我躲到陽台偷抽香菸，望著飄起的青絲，我又想起你專注的眼神；搖搖頭，我想試著甩開你的影像，然而卻在捻熄香菸的當下，望著我的手指、再度又想起你雙手在我身體游移的觸感——

天哪！

坐回書桌前，花去半杯咖啡的時間之後，才得已把注意力集中在改寫的漫畫裡，就這麼一頭栽了進去情節裡的寫著寫著，沒想到天竟然就亮了，才想躲回棉被裡裝睡的時候，媽媽就已經上樓察看發現了我的徹夜未眠。

也罷，下樓和他們吃早餐順便活動僵硬了的身體，再回到房間時，很難過的我發現還是了無睡意；閉上眼睛我看見你，張開眼睛、亦然。

算了，收拾東西我出門，先是在麥當勞書寫，待到那冷清咖啡館開門時我移駕前往，等到我離開的時候，天色又暗了。

還是睡不著，我想我差不多快完蛋了。

嚴重失眠的結果是，我一鼓作氣的把誊本完成，當我對著電腦按下傳送鍵時，時間是星期四的黃昏，了不起，人類的潛力真是無窮。

嚴重失眠。

洗把臉，我上了點淡妝想掩蓋這連續幾天未曾闔眼的痕跡，然後我出門，找小幽。

打電話我約了小幽在中港路上的那家水舞饌見面。

『但可能會晚點哦，開發季，妳知道。』

『沒關係呀，對了，我手機還是不會開哦，反正我會等妳就是了。』

『好呀，晚點見囉。』

挑了戶外的座位待下，結果當餐送上的時候，小幽就剛好出現了。

『怎麼這麼快呀？妳不是在忙嗎？』

『管他的，反正那些事情擱著也不會有人搶去幫我做。』

忍不住我就笑了。這臭女人，偷學我在公司時的招牌金句。

『怎麼會突然想來水舞饌呀？』

『天氣轉涼了嘛！這時候來最合適了，涼涼的，等到冬天又會太冷囉。』

『對哦……夏天都快過去了呢。』

等到小幽點完之回到位子上的時候，我拿出一個信封遞給她：

『喏、之前沒用完的人民幣，幫我花掉吧，如果妳找的出時間上街花錢的話。』

小幽笑著收下。老朋友的好處就在於：一個簡單的動作、就可道完前後的經過。

『謝啦，每次回來的時候我會記得給妳帶三條菸的。』

『不用了啦，客氣什麼，一個LV的包包就好了。』

『疑？』

這笨女人又抽出鈔票重新數過一遍，當她拿出手機要換算幣值時，我差點笑到不行：

『算什麼算呀！那些錢不夠一個LV啦！笨死了。』

『吼～早講嘛，害我還困擾了一下現在的匯率。』

『妳是被小瑋傳染到腦子變差了哦？』

『最好是啦。』

『多久回來一次呀？大陸。』

『兩個月回來一個星期吧，如果順利的話。』

『嗯，那傢伙怎麼辦？』

『小瑋？』

『不然咧？』

小幽笑而不答，略帶無奈的那種笑容。

『我第一次看到那傢伙傷腦筋的樣子耶。』

『餓死了，這沙拉真好吃，是什麼醋？』

『煩惱著對方當了台幹比他高呀、自己配不配的上對方這類的。』

『愛情裡哪有什麼配不配的問題呀？什麼年代了現在。』

『才一句話妳就破功囉？我們各說各話的默契變差囉。』

『飲料也先借我喝，有夠渴的。』

『好啦，不鬧妳了，對了、我們一日情人的角色扮演結束囉。』

『終於從一日情人變成情人囉？那我替J默哀三分鐘。』

『可憐的小瑋，果真不被當成一回事呀，白苦惱了他，我也替他默哀個三分鐘先。』

『好啦好啦，不玩了，真喜歡他又怎樣嘛？一個台灣海峽耶！他如果耐得住寂寞的話、我薪水分一半給妳。』

『真討厭，怎麼好像看到鈔票從我眼前一張一張的飛走呀。』

『哈～～』

開懷大笑真好。以後這樣的機會大概只有兩個月才一次吧！如果順利的話……

『不考慮留下來嗎？』

『值得嗎？』

『愛情裡哪有什麼值不值得的問題呀？妳跟他一樣是清朝人哦？』

『呵～說的也是。』

『所以？』

『還是一樣呀，計劃照舊，趁年輕多賺點錢總是好事。』

『趁年輕多試試自己的可能總是好事。』

老巫婆也說。

『那妳咧？為什麼不開機？』

『我遇見小米了。』

小幽驚訝的把叉子掉到了地上去。

『沒必要這麼入戲吧？』

把叉子踢到服務生看不見的地方，我說。

『那個小米？』

『那個小米。』

『什麼時候的事？』

『第一次是在台北，我們公司附近的咖啡館裡，那天我火的要命，沒發現到是他，發現之後一時間我以為我看錯人了，我說服我自己看錯人了，然後我就走掉了，然後心跳個不停，然後——』

『台北？他怎麼會在台北？第一次？意思是還有第二次？』

該不該略過單向簡訊的事呢？看了看小幽的表情，我決定還是保留住這祕密。

『第二次是在台東，他曾經帶我去過的咖啡館裡，一間陰暗的咖啡館，老闆娘都不理人，不過酷的很有型，而且咖啡很好喝。』

『……』

『巧到不可思議對不對？他媽媽要結婚了，所以他剛好也回台東。』

『聽起來這次妳不但沒有說服自己看錯人，而且還小小的敘了舊嘛！真是有進步。』

該不該略過那女人打電話給我的事呢？聽了聽小幽的語氣，我決定保留。

『第三次是在旅館。』

『還有哦！』

『嗯，我發神經想要舊地重遊，他發神經居然猜到我發神經選了我們一起住過的旅館，然後他來找我。』

氣氛down了下來。顯然我在心底演練了好幾次的故作輕鬆並不成功。

『然後？』

『我唯一忘記的是，那房間不曉得會不會還剛好是我們幾年前住過的那間。』

『天哪！晴晴——』

『嘿小幽、好奇怪呀！我居然一點後悔的感覺也沒有，我甚至還慶幸這一連串的巧合，如果不是這個、如果不是那個的……是緣份未了嗎？妳覺得呢？』

『不覺得。』

『就知道。』

『妳打算怎麼辦？』

『不知道，我滿腦子都是他，除了專心趕劇本之外，我沒有辦法的不想到他；我也不想這樣，可是……真的沒辦法。』

『妳到底是著了他什麼魔呀？』

『第二次。』

『疑？』

『妳四年前也說過這句話。』

小幽笑了，勉強配合笑一下的那種。

『J知道嗎？我告訴他妳可能是去台東。』

『嗯，他來接我，J問了，所以我就坦白說了。』

『妳一定是瘋了。』

『怎麼辦？我該怎麼辦？』

『妳明知故問。』

『對，我明知故問，耳朵又蓋起來了，誰的話我也聽不進去了；不過、能說出來總算是舒服多了呀，從第一次遇到他之後就一直覺得身體彆彆的，快爆炸了。』

『J呢？他什麼反應？』

『一貫的溫柔，他如果生氣罵我的話，我可能還好過一點吧。』

『選J，忘了小米。』

『我不知道……』

『妳到底是著了他什麼魔呀？』

『第三次。』

『好啦，所以妳關機是躲誰？J還是小米？』

『躲老巫婆。』

『晴晴！』

『不要這麼嚴肅嘛！嚇得我都想尿尿了。』

『不要跟我打哈哈好不好？』

『真的啦，我上個廁所先。』

然後我起身走向廁所，那是我最後記得的事情，我才一起身，就雙眼發黑。

再醒來的時候我人躺在醫院裡，手臂上注射著點滴，我不知道點滴裡面是什麼東西，不過一恢復意識，我聽到醫生安慰道媽媽：

『只是太累了體力透支，休息一下就可以出院了，要注意營養，不要熬夜。』

『妳是幾天沒睡啦？』

小瑋的聲音。

『你怎麼也來啦？』

『小幽那笨蛋，看妳昏倒之後整個人嚇傻了，打電話問我該怎麼辦。』

『你閉嘴啦。』

小瑋沒理她，繼續說：

『我說打一一九呀！不然咧？打查號台問一一九幾號嗎？』

『我不知道手機能打一一九呀！吼～～早知道就不打給你了。』

『好了啦，你們要吵回家再吵嘛！我燉個雞湯順便你們兩個也一起補，現在的年輕人哦——』

結果媽媽就這麼從醫院一直囉嗦到她進廚房燉雞湯為止。

之二

本來我以為爸爸的太太給我的會是醫院的地址，但結果她不是，她要我直接到他們家。

『他討厭醫院，想也是，可以選擇的話、誰會想在那種地方走完最後的生命。』

電話末了，她如此說道。

隔天我就收拾了行李準備南下，打電話給阿文簡單說明這件事情之後，帶著小虎斑、我先去找阿文；我儘量不提及爸爸的情形，而儘是仔細的說明著小虎斑的生活習慣——

『尋羊冒險記。』

『什麼？』

『村上春樹的尋羊冒險記，那個『我』也這樣囉囉嗦嗦的交待對方怎麼照顧他的貓。』

『突然的、你說什麼呀？』

『你才是從頭到尾都在說什麼咧。』

捏了捏我的肩膀，阿文看穿我的心亂，說：

『別擔心啦，我覺得應該沒有你想像中那麼嚴重啦；別相信醫生那些什麼只剩幾個月的屁話啦！他們又不是上帝。』

『嗯。』

『路上小心，冒險開始囉。』

『神經哦，我倒是不知道你什麼時候開始看起書來啦？』

『一直就有在看呀。』

『呵。』

『越是親近的人呀，對於彼此往往越是陌生。』

越是親近的人呀，對於彼此往往越是陌生……

依照地址我找到這棟位於郊區的氣派別墅。終於要見到她了…爸爸的太太。只依稀記得他們好像都是出生於政治世家的後代，除此之外、我完全一無所知。

車停妥，下車，出現在我眼前的這位婦人，從她身上感覺不出任何政客的味道，單純的就像是一位教養良好的貴婦。

貴婦一見我下車便深深的一鞠躬，完美無瑕的九十度鞠躬，漂亮到簡直可以拍成鞠躬的教學示範影片那樣；我被這突然其來、過份完美的鞠躬給弄的有點不知所措，只好也同樣的鞠躬回禮。

一位男子接過我的行李，不等我開口、她就先說了：

『今天就先住下來吧。』

沉穩的嗓音，簡短的一句話即可聽出她平時就習慣於命令別人，並且不習慣被拒絕。

她神色自若的挽著我的手，隨著她我們來到客廳，氣派的裝潢擺設，有錢人家最愛的那種調調。

『咖啡還是茶？』

『呃……咖啡，謝謝。』

『兩杯咖啡。』

轉頭她吩附另位女士，像是看穿了我的不安那樣，她笑說：

『他剛吃完藥，還睡著，先陪我聊聊好嗎？』

『呀……嗯。』

咖啡送上，搭配著一般精緻的西點，這才想起從醒來到現在，我好像就只有在車上喝了一杯咖啡還有便利店裡賣的難吃三明治，於是我開始自顧著吃喝了起來，以轉移我其實發現她一直盯著我打量的這件事情。

『沒想到你長這麼大了呀！變了好多呢。』

『我們見過嗎？』

『我看過你，應該是高中吧，我陪先生去看你的比賽，你以前在打球，對不對？』

『嗯，不過不打了，而且很久了。』

『真可惜，我先生一直沾沾自喜著，自己是運動白痴沒想到生出的兒子這麼厲害。』

『不、我——』

『別謙虛，我們家的人不謙虛的。』

我們家的人？

『你樣子挺像他的。』

『但很多人都說我的五官像我媽媽。』

『我說的是整體給人的感覺。』

『哦。』

我其實沒興趣聽她對於我的感覺，不過她倒是挺樂在其中似的說：

『怎麼說呢這個……有一股讓人看了就想接近的吸引力。』

『謝謝。』

謝謝，妳可以閉嘴讓我去看我爸了嗎？

『呵！我對你的印象一直還停留在那時候，你站在球場上的樣子，雖然我看不懂棒球，不過我真喜歡看你投球的樣子，怎麼說呢？你們年輕人的講法……跩？』

『或者說是不知道在臭屁什麼也可以。』

她開開心心的笑著，不過我還是放鬆不下來，因為她依舊盯著我瞧，不管她說話、不管她笑……她的眼神一直沒離開過我。

我決定直接告訴她、我很不舒服。

『對不起，不過…我被妳看的很不自在。』

『呀…真失禮，不知不覺就…抱歉抱歉，我忍不住想看仔細你們兄弟倆像不像。』

『兄弟？』

『凱文，我的獨生子，他可以算是你弟弟吧？』

隨妳便。

『結果像嗎？』

『不太像，你比較男人味？MAN？呵，不過這也是沒辦法的事。』

關我什麼事呢？不要再這說些不著邊際的話好嗎？讓我看看我爸爸，看看他！我來就是為了這個，不是為了陪妳這個老太婆討論我的長相、討論那個我看也沒看過的弟弟長得像不像！

我在心底囉嗦了一堆，結果回過神來時，她仍自顧著說：

『……才十七歲。』

『什麼十七歲？』

『凱文走的時候，才十七歲。』

『抱歉……』

『那謝啦！幫忙打個電話給他SAY個HELLO吧！畢竟他就你這麼個兒子。』

為什麼…我當時沒有聽出媽媽話裡的暗示呢？

『你幹嘛不接你爸電話？他找了你好多次。』

『你好不好…打個電話給他？再怎麼說…你總是他兒子。』

『他就是在等你呀，小米。』

起身我給了她一個擁抱，因為我想她現在應該和我一樣也需要。

『對不起，我已經比較不會這樣了，只是昨天聽到你的聲音，我忍不住…又想起我的凱文。』

『沒關係。』

『就是這一點。』

『嗯？』

『你像你爸爸的地方，讓人有一種想要依賴的感覺。』

『我可以去看看他嗎？不會吵到他，就是只看看他這樣。』

『好。』

吸了吸鼻子，她重新換回原先的鎮定，依舊親密的挽著我的手臂，我們上樓。寬大的房間，齊全的醫療設備，病床上瘦弱的男人，我的爸爸。

『爸爸老了好多，真不爽看到他變老。』

我忍不住硬咽，她握了握我的手，然後覆蓋上那隻枯瘦的手。第一次，我握上了我爸爸的手，而不是掉頭走人。

『別擔心，他最近的情形穩定多了。』

『嗯。』

『多留幾天陪陪我們，好嗎？』

『這……』

『他只剩下你這個兒子了。』

『嗯……』

爸爸在晚餐過後醒過來，當他睜開眼睛看到我的時候顯得很激動的樣子，張開嘴巴像是要把想說的話一口氣說完似的，我只得輕輕的拍著他、想穩定他的情緒，貼近他的臉頰，第一次，我喊他：爸。

爸爸流淚。

當晚我睡在他的房間裡，忽睡忽醒的，我很怕會吵醒他，但又忍不住想多看看他；隔天我難得早起，甚至還和他的太太一起吃了早午茶。

一天不到的時間過去，似有若無的親近取代了我們之間原先的陌生，她就像是一位慈祥而有教養的長者那般、詢問著我的人生近況，末了，她甚至還提議我們一起看我的相本和畢業紀念冊。

『吭？』

『真的很不好意思，但他一直吵著要，所以就麻煩妳母親帶過來了。』

『我媽媽來過？』

『欸……很、美的女人。』

『是呀。妳們……』

『我們很客氣的互動著，那天。我很愛你爸爸，小米，雖然這麼說可能會讓你不好過，但是年輕的時候、誰沒有犯過錯呢？』

『但你不是錯誤的結果，你要相信我這一點。』

『……』

『看到你之後，我越來越高興他還有你這一個兒子。』

『謝謝。』

『對，就是這樣，我們家的人不謙虛的。』

然後我們就笑了。

結果原來相本和紀念冊就擺在爸爸的枕頭底下。

等他醒來之後，我們一同翻閱著我的成長過程、那些他缺席的記錄畫面。

看著他們翻閱畢業紀念冊時，我突然有個念頭，按著通訊錄上的電話我打去，接通之後我問了訓導主任的名字。

『我老公還沒下課耶，請問你哪裡找？』

太好了！還是沒變，還好你們沒搬家。

吃完晚餐之後，我推著輪椅陪爸爸在庭院裡慢慢散步，等到他回床上注射藥物休息之後，我說想獨自出門一會。

『去拜訪一位以前很照顧我的老師。』

雖然很信任自己的記憶力，但為了保險起見，還是抄下了地址，然後帶著她硬是塞給我的高級禮盒，我開車出發。

按門鈴，在等待的同時，我發現我這輩子好像從來沒有這麼緊張過。

一個婦人應門，透過門鍊，我報上訓導主任的名字。

『你是？』

『我是主任之前的學生，請問主任在嗎？』

『在在在，等一下哦。』

腳步聲離開，腳步聲走近，門打開，熟悉的臉孔出現在我眼前。

『你是？』

『主任好。』

深深的一鞠躬，昨天學今天賣。

『小米？小米！你是小米對不對？』

『主任還認得我呀？』

『那當然，囂張的學生我每年都會遇到，但像你屌的那麼令人難忘的，哈！進來進來。』

主任摟著我的肩膀熱切的招呼著我坐下，感覺好像我離開的不是十年卻是十天那樣，他既沒問我——什麼風把你吹來啦——也沒有——最近在幹些什麼呀——直接的就老大不客氣的要我陪他看球賽。

『每次看球賽呀，我總會想起你。』

『我已經不打球囉。』

『知道，可惜呀！看你打球可過癮的，跩個二五八萬的你這小子！』

我微笑著沒有答腔，雖然知道這樣有欠禮貌，不過就是忍不住環顧著搜尋妳的身影。

『前一陣子那奧運呀，我才問晴晴、有沒有你的消息。』

心頭一緊，我儘量試著若無其事的問道：

『怎麼沒看到晴晴？出去啦？』

『睡了。』

『這麼早？』

『嗯，剛從醫院回來，要多休息才好。』

妳生病了？

第十一章

之一

是夢吧？

你來到我家，就像以前那樣，在練完球之後，理所當然的像是回自己家一樣，你來到我家。

那時候我還沒準備好要喜歡你，你太霸道了，我不喜歡你理所當然似的霸道，誰欠你來著、幹嘛買你的帳？可是爸爸不一樣，他不納悶為什麼你這個總是讓他頭大的學生、突然的想和他親近，但他很開心，關於你的親近，爸爸一向就喜歡你，雖然同時也頭大你。

你一點客人的樣子也沒有，就這麼大剌剌的佔據我習慣坐的位子，和爸爸一邊看球賽，爸爸喜歡你陪他看球賽；爸爸總是一邊對著電視激動著，一邊毫不掩飾的期盼著電視裡電視裡、球賽的主角換成是你。

背負著那麼多人期望的你，為什麼總還能一副輕鬆自在的樣子？

我總是坐在距離你們最遠的沙發上，一邊擺出並不高興你存在於此的表情，一邊卻不由自主的放慢吃水果的速度，我會把視線擺向電視螢幕，然而卻什麼也看不進去，我沒有辦法不去胡思亂想著你到底只是逗逗我？又或者是真的喜歡我？

你名聲壞，你讓人不敢放心。

每當那個時候，洗完碗盤的媽媽總會催促著我快點回房間讀書，我會敷衍著說好，但卻更加放慢動作，在心底不滿的咕噥著：背那麼多什麼用？我以後又不靠那些歷史人物地理名詞數學方程式生活。

一想到要死背那些一輩子也用不上的東西就覺得很不爽。

『喔？叛逆期到了哦？』

而你總會適時的誣賴我，成功的挑起我的憤怒。

『什麼啦？』

『不馬上去K書，還在這裡慢吞吞的吃水果。』

『干你——』

瞄了爸爸一眼，我改口：

『你管不著，想想你自己吧！』

『小米確定被保送了。』

爸爸總是站在你那邊，那個重男輕女的老古板。

『聽說她在學校很紅哦？今天我看到有個三年級的在走廊上拿情書給她。』

『你屁——你不要亂講好不好？』

『哈！不礙事啦，小孩子玩玩戀愛遊戲，不會當真的啦！』

『聽到沒有？戀愛遊戲，不用當真。』

我挑釁著你，而你筆直的望著我，我認輸，把眼神轉開。

不安。

『不過話說回來，小米，他是哪一班的學生？』

然後我被氣回房間，攤開書本，卻下意識的在空白頁上畫著你的素描。

你的素描——

『聽說妳喜歡畫畫哦？』

下課後，你滿身是汗的跑到我們班上來，扯開嗓門的喊我到走廊，也不管別人的目光。

你真的很讓人火大。

『是哪個鬼拿情書給我呀聽說？』

『什麼東西？』

『昨天你跟我爸亂講什麼呀！想害我被我媽管死哦？』

『那個哦……是我。』

『疑？』
然後你拿出一張票根給我。
『這什麼？』
『情書呀，是我，那個三年級的在走廊上拿情書給你的人，是我。』
『神經病。』
『說真的啦，要來哦！我主投耶。』
『我看不懂棒球。』
『沒關係，妳爸也會去，叫他講解給妳聽。』
『怎麼你跟我爸很熟哦？』
『託妳的福囉。』
『煩死了，上課了請回好嗎？』
你笑，然後對著靠窗的同學喊：
『喂、學弟！她爸找她有事，我帶她去訓導處，老師問起的話再說、沒問的話別多嘴。』
『可是學長——』
『想活到畢業的話就把臉轉回去。』
每個人都把臉轉開。

『你想——』

你拉著我到轉角的器材室裡，我的初吻。

『你完了你，我要跟我爸講，反正他叫我去訓導處嘛。』

『既然妳要告狀的話——』

你低下頭，又吻住我。

『小米！』

『小米？小米！你是小米對不對？』

樓下爸爸的驚呼聲吵醒了我，是現實和夢境交疊成一片嗎？

『主任還認得我呀？』

真的是你？

『那當然，囂張的學生我每年都會遇到，但像你屌得那麼令人難忘的、可不多，哈！進來進來。』

天哪！怎麼辦？你怎麼會真的來了？

用棉被把自己緊緊包住，我該怎麼辦？

腳步聲，腳步聲越來越接近，不可能，爸爸不可能會讓你上樓——

『晴晴。』

心臟差點給跳出來！還好是媽媽。

『醒啦？來，再喝碗雞湯。』
『樓下是誰來啦？』
『妳爸爸以前的學生，有一陣子常來我們家那個。』

他們始終不知情嗎？我努力的回想著。

『妳要唸哪裡的大學？』
『還不曉得，但最好是離家越遠越好。』
『要不要唸我們學校？』
『幹嘛？你想跟我同居哦？』
『同居？會不會太浪漫啦？整天互相叫罵著對方的衣服亂丟、垃圾不倒、牙膏亂擺的，連保險套都買家庭號。』
忍不住我笑了出來，你這傢伙！
『那是你吧？我的生活習慣很好耶，才不會那樣咧。』
『哦？原來是妳想跟我同居哦？』
『屁咧。』

結果我們沒有同居，我也沒有再度變成你的學妹，我依然照著自己的志願選擇了科系，就在離家不遠的大學，到頭來我還是留在家裡、沒離開過；有時候你回來，有時候我北上去看你，爸媽心底明白我有個固定的男朋友，但他們不知道那就是你，他們偶爾會追問我，但我總是避而不談，我不是你，不習慣和他們聊自己。

我不像你和你母親那麼感情融洽。

『哎呀！妳就是傳說中的晴晴呀！』

『什麼傳說中？明明豐年祭那次妳們就見過了，不好意思哦？我媽媽腦子生來裝飾用的。』

『沒大沒小臭小孩。』

我想起和你母親第一次見面的情形，在你家裡，我驚豔。

『原來你像媽媽呀。』

『對，但我媽媽像我女朋友。』

『小孩子亂講話，想讚美我年輕可以直接說就好了。』

我喜歡你的母親，喜歡她天真浪慢，不似一般母愛過了頭的媽媽那般愛囉嗦窮操心；當你回來的時候，我們總三個人一起午餐，然後她會提早離開，不是介意當電燈泡、而是趕著去約會；我不知道你的母親到底有沒有記住過我——她總是一副狀況外的樣子——但我記得有次你班車誤了點，於是我們先單獨喝咖啡等你到來。

當我到達那家冷清的咖啡館時，你的母親正專心閱讀，我在她的斜對面坐下，而她頭也沒抬的，喃喃道：

『在一個地方不會顯得格格不入，和適應某個地方完全是兩碼子事，雖然不會格格不入，但也不會適應，雖然這不是壞事，但有時會讓周圍的人感到孤獨。這段文字很美吧？』

『欸，什麼書呀？』

『江國香織的《神之船》，很好看唷！雖然第一次讀完會覺得怪怪的，但是又不知道到是哪裡怪怪的呢？於是又再讀它一次，就這麼一遍又一遍的，上癮了。』

『哦哦。』

『妳喜歡看書嗎？』

『還可以呀。』

其實不喜歡，我沒那個耐心讀完整本書。

『送妳。』

『疑？』

『很好看的一本書哦！值得推薦。』

『那，謝謝囉。』

『讓我直覺想到妳，讀這本書的時候。』

『吭？』

『感覺嘛！我也說不上來呀。』

『是孤僻的意思嗎？』

『不……應該這麼說：不太能夠輕易的開放自己，或者說是：在心裡保留了大部份的空間、給真正的自己，直到遇見對的人為止。』

『過份自我保護？』

『接近，但不完全是。小米也是呀！』

『會嗎？』

『真的喲！只是程度上的不同。』

『程度上的不同？可是小米他到處吃得挺開的呀。』

『我說的就是這個，小米把真正的自己保留著，然後偽裝成大家看見的那個他，呵。』

『這個嘛……』

『反正妳有空看看這本書，看看會不會也直覺想起小米。』

『嗯，好呀。』

我從你母親的手中收下這本《神之船》，帶回家，放上書架，然後遺忘；等我再想起、翻開來閱讀時，是我們分手的那年。

那是我第一次嚴重失眠，本來我只是想要藉由閱讀幫助睡眠，但沒想到就像是她形容的那樣，我一次又一次的反覆閱讀，一次又一次的讓滿溢的情緒在身體裡爆開，我無處可逃，連自己都面對不了。

於是我開始嚐試寫作，那本以你為角色寫成的小說在一年後被出版，收到印刷成冊的書之後、我沒翻開來過，直接把它放在書架上、就在《神之船》的旁邊，等我再取下它時，是對於J的面試。

J——

樓下響起更大的喧鬧聲打斷我的思緒，才猶豫著該不該下樓察看怎麼回事時，小幽就氣喘呼呼的跑進來——

『J、J——』

『怎麼回事呀？』

『J來探妳病，我和小瑋去帶他路來。』

我驚呼：

『可是小米在樓下呀！不是嗎？』

『所以我才衝上來先告訴妳呀！』

怎麼辦？

之二

『真是想不到呀。』

妳居然當起編劇來了呀！真是想不到……

我們都一步一步的遠離了最初的夢想，我想像要是回到十年前告訴當時的那個我們如今的人生，不曉得難以置信的會是他們還是我們？

十年……

『你想看看晴晴嗎？她在房間裡。』

『沒關係，我只是順道來探望主任的。』

『都已經過去那麼久了，沒必要再瞞我了。』

『主任——』

『你以為我不知道你怎麼突然有興趣陪我看球賽嗎？』

我應該臉紅了吧？一想到當時主任心知肚明的看我們演戲……這老狐狸。

『原來主任喜歡陪學生演戲哦？』

『笑話，我只是不想你防著我，兵不厭詐，懂嗎？哈！』

這老滑頭……

『張伯伯，我們回來了。』

一對年輕的男女出現在門口，透過主任的頭頂、視線往下，花了一會的時間，我認出這個妳的學妹，還有、站在她身後的、妳的……

『這位是?』

跟在她身邊的年輕男子盯著我，疑惑。

『你不認識小米呀?來、進來進來。』

『久仰了。』

年輕的男子說道，真是我聽最酸的三個字了。

我十分確定我並不認識他、但顯然他卻好像知道我似的，望著我的眼神比身後的那個男人還要不友善。

『真是過意不去呀，晴晴都已經離職那麼久了，還讓您專程來探望她……』

『請別這麼說，我們一直、還保持著聯絡。』

『哎～～全部進來呀!站在門口像什麼話嘛!來來、咖啡泡好了。』

妳的母親在身後喊著，真是太熱鬧了，這場面。

這詭異的場面。

『我…先去看晴晴醒了沒。』

妳的學妹像逃命似的、一溜煙往樓上跑去，本來那個不友善的年輕男子也想跟上的，但結果卻被妳的母親喊住：

『呀、沒糖了，小瑋、你去便利店買個糖回來好不好？』

『哦、好。』

叫作小瑋的男人立即又出門，離開之前還青了我一眼——久仰了——我大概知道他是久仰了我什麼。

『我先走囉主任，下次再來陪你演戲。』

『哎呀！難得來一趟……』

主任招呼著我走出玄關，一邊我們約定著下次看球賽、一邊才抬頭，我看見那男人也出了來：

『我也先告辭了，知道晴晴沒事我就放心了。』

『這麼快就要走啦？您專程來一趟——』

告辭。

『方便和你談一談嗎？』

走出妳家，他立刻喊住我。

『好呀。』

咖啡館，我帶他去那家冷清的咖啡館，真好，它還在，真神奇。

『抱歉哪，一接到小幽的電話我就趕下來了，還沒吃呢。』

『請自便沒關係，別在意我。』

說著我燃起一根香菸，今天的第一根菸。

『方便的話也給我一根好嗎？』

『嗯。』

兩根香菸，同樣的心情。

用完餐，請服務生收走之後，他才又說道：

『你跟晴晴一家人很熟？』

『不算是，她哥哥我沒見過幾次，她媽媽不太喜歡我，可能是怕我把晴晴帶壞吧。』

『她的擔心沒錯。』

把菸朝他的臉上噴去，他怒視著我，不發一語；又拿了一根香菸，不過他才淺淺的抽了一口，就捻熄：

『不是應酬的話，我通常不抽菸的。』

『那你現在沒必要抽呀。』

『用不著你告訴我。』

是嗎？那換他告訴我了：

『你們是什麼關係？』

『你們以前的關係。』

『……』

『我……打算和晴晴結婚。』

『但晴晴有打算和你結婚嗎？』

真高興，看這樣一個溫文儒雅的人在我面前壓抑著他的怒氣。

『你真像香菸，對晴晴有害。』

『真是愛作比喻，老人家就是喜歡搞這套。』

其實我本來沒打算把話說得這麼重的，但沒辦法，他給我極大的威脅感，我有點控制不住情緒。

『我們年紀是有段差距，但我們處得很好，我很珍惜晴晴，那你呢？除了讓她難過之外，你還會些什麼？你懂得珍惜嗎？』

『真是愛說教。』

『我聽說過一些你的事，我和他們很熟、小幽還有小瑋，有些是小幽說的、有些是從書裡猜的。』

『什麼書？』

『你不知道？』

我不想承認，不過我真的不知道，我很不爽他知道而我不知道。

『那既然如此，也沒必要多此一舉的告訴你。』

『無所謂，反正我也沒興趣知道了。』

『你比你的外表看起來還幼稚。』

『隨你怎麼說。』

搖搖頭，他笑說：

『你真是不知道你錯過了什麼。』

『是你不要的，為什麼還要回頭找？』

『我們只是因為當時都太年輕了。』

『但是太晚了，太晚了。』

『我真的不想再放棄一次。』

『那好吧，拿著，你在找這個不是？』

『我夢見過你。』

『哦？』

『在見過你之前，我那時候很疑惑夢裡的那個人是誰。』

『有意思，是怎麼樣的夢？』

『你把晴晴還給我的夢。』

他又笑了，我得承認他笑起來確實很有成熟男人的魅力，天曉得他每天在家裡對著鏡子練習這笑容多少次！

好吧！我承認我確實很幼稚、在他面前；我甚至懷疑等我到了他那樣年紀的時候、會不會也能擁有像他那樣的成熟魅力。

『那真是太好了，你知道、夢與現實往往是相反的。』

深呼吸，深呼吸。

『為什麼讓晴晴一個人旅行?』

他眉頭一皺，很好，這會換他深呼吸了。

『我…聽說過一些你的事情，包括——』

『直說沒關係，我討厭別人跟我拐彎抹角的。』

『這樣說好了，我不像你，我是白手起家的，從最基層——』

『我沒興趣聽你的歷史，你以為現在在錄影真情指數嗎?』

很好，他很明顯的不爽了。

『我很忙，我儘量想陪她、但是我真的很忙。』

『那好吧，我就不打擾你了。』

『嘿!聽我說最後一句話好嗎?』

『再見嗎?』

『呵、看來你猜到我想說什麼了嘛。』

『再見。』

捉起帳單，我起身，而他的聲音在我背後冷冷的響起：

『別讓你的愛，變成了對她的害。』

別讓你的愛，變成了對她的害……

別讓……害……

『結果我又把妳惹哭了呀！』

『那我的愛情呢？』

『妳不要每次都自以為了解我好不好？』

『你只會逃避。』

按著我的左肩，還痛嗎？不，其實早就不痛了，在我放棄之前，傷就好了。

妳說對了晴晴，我寧願逃避成功也不想面對失敗，我害怕，害怕回不去那個自己，我沒有辦法忍受習慣了的一切從自己的手中眼睜睜的失去、在大家面前，那些掌聲、那些喝采……那個自以為世界第一的我；我喜歡那樣的自己，比較夠滋味，我寧願完美的遺憾，自己決定句點落下的地方，而不是被決定，被殘忍的遺憾。

『你只是太容易放棄了。』

如果當初我沒有放棄了呢？那麼現在的我們…會不會、就不一樣了？

我不知道，沒有人知道。

站在能夠看見妳房間的街角上，我真的很想再見妳一面。

很想很想。

『把討厭的夏天遺留在台東，久違的台東。』

念頭一轉，撿起一塊碎石頭，我往妳陽台的玻璃窗扔去。好球。真不賴，我投的球還是如此的神準。

三秒鐘，裁判出現了，我晃了晃手機，希望妳懂我的意思。撥號，接通，太好了，妳終於肯開機了。

『嘿！訓導主任的女兒。』

『你到底想幹嘛呀？』

然後我們都笑了，那段年輕而又美好的歲月……雖然回不去，但難道就不能重新來嗎？

活在這個世界上，我們活在這個世界上，誰又從來沒有犯過錯？不就是那些點滴累積而成的錯誤，才造就成如今的我們嗎？

『想再被訓導主任記支過呀，好懷念哪！』

『我爸有氣喘，你別害他。』

『那妳呢？好點沒？』

『嗯……』

『幹嘛把自己搞那麼累呀?』

『……』

短暫的沉默,這夏末秋初的晚風,沁涼。

『欸、夏天就要過去了呢。』

『接著秋天就要來了呢。』

『然後冬天——』

『好啦不跟你扯了,我媽在敲門了,掰囉。』

『等一下,幫我個忙好不好?』

『……』

『別擔心啦!只是車鑰匙忘在妳家而已,我走不了呀。』

妳應該是笑了吧!太遠了、我看不清妳的表情,但還好,妳的聲音還在我的耳邊。

『自己來拿不會?你不是跟我爸很熟?』

『別這樣嘛學妹!我其實沒興趣陪訓導主任看球賽耶。』

『真拿你沒辦法。』

真拿你沒辦法……

妳知道嗎晴晴?一向就習慣了被撒嬌的我,只有在妳面前才能放心的……展現出、真正的我……

≫第十二章≪

之一

結果媽媽不准我出門，我懷疑她連我走出房間都認為我會昏倒，然而實際上、我的精神從來沒有像現在這麼好過。

感覺就像是真的回到了從前，你就坐在客廳裡，佔據我慣常坐的位子上，我在距離你們最遠的沙發上，嘴角掩不住的笑意；多虧了媽媽一貫的囉嗦，從她審問犯人似的追問之下，我知道你現在台北經營一家酒吧（哪一家呢？），你的同居人是一隻心機很重的貓（小虎斑嗎？），你沒有女朋友（你沒有女朋友？）還有…你這次回來、是因為你的父親病危。

『故意說得嚴重騙我回來看他的吧！今天陪他散步的時候精神明明好得很。』

『可是肝癌——』

爸爸用眼神意示媽媽閉嘴。

『我說的就是這個，小米把真正的自己保留著。』

如今終於開啟了嗎？你心底緊緊關上的那一扇門，你始終拒絕承認存在的那個部份……

電話響起，是老巫婆，我回房間接聽電話，從傾聽者變成了解釋者。

『三個字，幹得好。』

『謝謝。』

『不過下次不要再這樣了。』

『疑？』

『我寫了十幾年的劇本會不知道？光用想的就猜出妳是怎麼趕出來的。』

『沒辦法，我就是吃不得激將法咩。』

『沒事吧？』

『啥？』

『給J唸了一頓，託妳的福。』

『沒事啦，他們太大驚小怪了。』

『別亂來，知道嗎？不要把人生過成ESPRESSO，我可不是打算只跟妳合作這檔戲而已。』

『知道啦。』

想了想，我還是決定問：

『欸、蓉蓉，J有跟妳說什麼嗎？』

『他應該跟我說什麼嗎？』

『哦……』

『如果是私事的話別問我，打從他不聽我的勸執意要離婚之後，我們就不再干涉彼此的私事了。』

『嗯。』

『都幾歲了，他以為他還能再愛幾次呀。』

老巫婆最後說。

他以為他還能再愛幾次呀！

他以為——

敲門。

『誰？』

『我。』

開門。

『我媽媽肯讓你上樓呀？』

『這要多謝主任囉。』

該請你進來嗎？倚在房門口，我猶豫著。
『我只是來跟妳說聲我要走了而已，差不多該回去了。』
『他情況怎樣？你爸爸？』
『不樂觀。』

你哽咽，不同於方才的故作瀟灑；我好想給你一個擁抱，可是我該嗎？
該嗎？

『抱歉哪。』
『嗯？』
『她、克萊兒打電話給妳。』
『沒關係。』
『她跟妳說了什麼嗎？』
『沒什麼，就問我是誰，這樣而已。』
妳是小米的誰？
我是你的誰？
『你們……怎麼了？』

『分手啦，乾乾脆脆的。』

『是我——』

手機響起，看著來電顯示，你苦笑：

『又打電話來催了，真是人越老越小孩子脾氣。』

『先接沒關係嘛。』

你於是接起，轉頭背著我，低聲著通話；我聽不太清楚你們的談話內容，不過你的語氣聽起來就像是在哄著一個吵著要糖吃的孩子那樣，溫柔。

『分手啦，乾乾脆脆的。』

『真的很累，越愛越累。』

這樣溫柔的你，為什麼總是可以把話說的那麼簡單？為什麼總是心狠的那樣簡單？

掛上電話，你轉身望著我：

『我會多留幾天，再找妳可以嗎？』

『可是——』

我低下頭不敢看你，那令人開不了口拒絕的眼神。

『妳關機也沒用哦，我反正把妳家電話背起來了。』

『喂……』

你真的、很無賴。

『什麼書呀？』

『什麼什麼書呀？』

『剛剛那個男人…我不知道他名字，也不想問；他找我吃飯，我們聊了一些，不過並不是怎麼愉快的聊天，他…提起一本書，我聽不太懂他在說什麼。』

J…對你說了什麼嗎？那你呢？你又對他說了什麼？

『好啦、算了，妳好好休息呀，怎麼最近我身邊的人一個個的掛病號呀！真不曉得下一個輪到誰，該不會就是我吧。』

『不要亂講話啦。』

你笑，低下頭，我以為你會吻住我，但你沒有，你停住，停住。

我希望你吻我嗎？希望嗎？

『小米……』

『嗯？』

『你們為什麼要分手呢？』

你的笑容凍結，你好像想說些什麼，可你只是冷冷的凝望著我、什麼也沒說。

我沒看過你那麼冷漠的眼神。

『我們分手讓妳很困擾嗎?』
『我只是——』
『算了,反正也不關妳的事。』

你掉頭離開,沒有再見,你離開。
僅僅是一個無言的轉身離開,你都能把我惹得淚流。
你呀……

J來電話,約我見面,隔天;想了想,我約他在那家冷清的咖啡館見面,J先是一楞,然後說出見面的時間。
冷清的咖啡館——
我比約定的時間還要早到,發現到這點時,連自己都驚訝的不得了;我挑了最靠近門口的位子坐下,好方便J一眼就能找到我。
一邊抽著菸、一邊我恍恍惚惚的望著最角落的那個位置,彷彿還能看見當年那個坐在那裡寫下第一個文字開端的自己。

『他…提起一本書,我聽不太懂他在說什麼。』
『我們分手讓妳很困擾嗎?』

『真難得，妳居然準時。』

J來到，一坐定就如此說道。

『妳也喜歡來這裡呀？』

『也？』

搖搖頭，J不想繼續這個話題。

『他找我吃飯，我們聊了一些。』

你也還記得這裡呀？我們的記憶有太多的重疊了！太多了。

『你今天休假？』

『嗯，昨天太晚了趕不及回去，就乾脆放自己一天假了。』

『這樣呀。』

『我昨天睡在安那裡。』

J定定的望著我，說；而我點頭，沒回應。

『妳不吃醋嗎？』

『不會呀，你不是每個週末都這樣嗎？』

『但昨天我們睡在一起。』

『好吧，我開始吃醋了。』

『晴晴……』

握著我的手，我看見J的混亂，當我們決定在一起時，也沒看見過的、J的混亂。

『我真的、很嫉妒。』

『小米嗎？』

『他和你們一家人那麼親近，而我…卻連妳家在哪裡都不知道。』

『現在知道了呀。』

嘆了口氣，J拿起一根我的香菸，抽。

『是涼菸喏。』

『可以告訴我了嗎？妳還愛他嗎？』

我還愛你嗎？還該愛嗎？

『可以…讓我替妳做決定嗎？』

『嗯？』

『我愛妳，我不要失去妳。』

『可是J…你明知道，在台東、我們——』

『因為我知道，妳會是我這輩子最後愛上的女人了。』

沉默。

『其實我騙妳。』

『嗯?』

『我昨天住旅館。』

『嗯。』

『妳真的是……一點都不吃醋呀。』

『你說的很對呀，我們愛的太理智了。』

『好吧，等妳想清楚之後再告訴我好了，我等妳，反正我也不會再愛上誰了。』

『J——』

『多愛自己一點，好嗎?』

J最後說，然後離開，當J離開的時候，他桌上的那杯咖啡甚至連一口也沒喝。

而我只是在想，究竟要鼓起多大的能量與決心，才能轉過身去，真正離開。

真正離開。

而那個人，說要再多待幾天、說要再來找我、說把家裡的電話背住了，可卻都沒有，都沒有。

直到夏天完全過去、完全過去，這討厭的夏天完全過去了，都沒有。

真正離開。

你又逃跑了，是不是？

真正的離開，從來就只有你，真正做到過。

『算了，反正也不關妳的事。』

而這竟然是你留給我的最後一句話。

之二

『你們為什麼分手呢？』

妳為什麼會這麼問呢？

『我們的分手讓妳很困擾嗎？』

轉身，我離開，不想聽見妳的回答，不想讓昭然若揭的答案將我擊潰，在妳面前。

別讓我在妳面前落淚。

別讓我⋯

別。

其實我在妳面前哭過的，晴晴。只是妳不知道而已，妳當時睡著了，妳累得睡著了，在醫院裡，我的病房裡。

那是我覺得最快樂的一段日子，雖然這麼說或許很奇怪，但確實我就是這麼以為的。

因傷住院的那段日子，我們之間最快樂的一段日子。

我回到台中住院檢查受傷程度，於是妳就近在每天下課之後到醫院來探望我、陪伴我，像是扮家家酒似的，我真的是這麼以為的。

有時候妳像似溫柔的母親那般，任由行動受限的我撒嬌著；有時妳像是賢慧的妻子那般，為我帶來妳親手烹煮的晚餐——雖然壓倒性的多數都很難吃——而絕大多數的時候，妳就是單純的陪伴在我身邊，或者閒聊、或者看電視，單純的接受別人羨慕的眼神，羨慕我們愛的正好；單純的聽我自認為這手傷只是使用過度的運動疲勞，而非他們大驚小怪的認為非得檢查出個什麼屁來不可。

單純而又美好的日子，在那純白色的病房裡，我們相處最密集的親密；我認為未來依舊在我手裡，單純而又美好的日子。

像是個壞預兆那般，那天的大雨，大雨。

那天我恍恍惚惚的望著窗外的大雨，心裡想著妳會不會是因為大雨所以來遲了時，醫生連同媽媽一起到來，他們表情凝重，雖然心裡不安，但我還是試著玩笑道：

『幹嘛露出那種表情？我的呼吸應該還在吧？』

說完我玩笑似的摸了摸自己的鼻息。很不適當的玩笑，在那地方，往後回想我才發現。

『發現結果是Tommy John。』

醫生說。

那個穿著白袍的傢伙是這麼說的嗎？Tommy John，投手的絕症？

隨便了，管他的，該死的。

『那是什麼鬼東西？我不能打球了嗎？』

『機率很小，復原的機率很小，我建議你——』

『去你媽的建議！』

然後我成功的讓他們尷尬的離開，我沉默，獨處，和這巨大的不安獨處。

沉默直到妳的到來，妳大概是累壞了吧？妳沒發現我的壓抑，壓抑這巨大的不安，以及表演若無其事的同妳聊天，聊妳危險的期末報告、聊……就是絕口不提這該死的Tommy John。

累壞了，妳那天累得趴在床邊睡著，我當時凝望著妳熟睡的臉孔，不知怎麼的，不安的恐懼終於在當下潰堤，我哭泣。

隔天我就辦了出院手續，倔強的把醫生的診斷當成是屁，我依舊回到球隊投球，於是我不得不承認的是，我的人生真的變成了一團狗屁。

回不去了，回不去以前的水平，看不到未來的希望；從小到大我會的只是棒球，而如今我卻不得不放棄。

一切來的太快太突然，我來不及接受，我自判出局；我不喜歡那樣的自己，既迷失又害怕，看不到未來也回不到過去，我真的嚇壞了。

只是嚇壞了。

而妳不懂擁有一切卻又眼睜睜看著它失去的痛苦，痛苦，卻又無能為力，我生氣；妳太單純了，妳的人生順遂，我生氣。

我生氣妳對我的執著、妳堅持我回的到過去，我生氣妳的不放手、妳不肯放開那樣嚇壞的我，我生氣妳的存在提醒我曾經的擁有以及最後的失去；我於是對妳殘忍，我生氣對妳殘忍的自己，我生氣。

妳為什麼還是不肯放手？為什麼還是不肯放開那樣一個連自己都不愛了的我？

當一段感情只剩下爭執時，為什麼妳還是不肯放手？

我決定離開，決定把自己放逐，連同對妳的愛情，那已經回不到過去的愛情，那在無數次的爭吵、摩擦裡，一點一滴走了樣的愛情。

『你只會逃避。』

你說對了晴晴，妳提醒了我、我逃的不夠完全，我該徹底的離開才是，離開這觸景傷情的環境，離開那走樣了的愛情。

離開，二〇〇〇年的夏天，在我生日前夕，我發了簡訊給妳：

『把自由還給我，這就是我最想要妳送的生日禮物。』

『那我的愛情呢？』

結果妳立刻回撥電話，我沒聽過妳那麼悲傷的聲音；但我真的只是累了，我對自己好累。

『真的到此為止了，好不好？』

『為什麼你總是可以說的那麼簡單？』

『真的很累，越愛越累。』

『祝你生日快樂。』

最後妳說。

我離開，買了單程的機票，離開。

離開，我離開，我的決定不是挽回，不是重頭來過，而是離開，徹底的離開，斷了線的離開。

直到四年之後，我們再重逢。

一切來的太快太突然，我來不及思考，我沒有思考的能力，和妳的再重逢。

我只能憑著直覺走。

直覺告訴我，那是妳，可妳卻逃開。

直覺告訴我，走向妳，而妳卻演戲。

直覺告訴我，追上妳，留下妳，找尋妳，挽回妳……直覺告訴我，告訴我妳害怕、妳困擾，妳想往前我卻想回到過去——

直覺告訴我，是的、我愛妳，我放開妳，傷自己。

我自判出局，雖然心苦。

失去，措手不及的失去，儘管已經做好了心理準備，還是措手不及、這失去。

爸爸在秋天離開，凝望著握在我手上那枯瘦的手終穿滑落時，這段日子以來強忍的悲傷，終於在那瞬間瓦解。

無論是這些，又或者是那些。

脆弱，在爸爸的告別式上，釋放，以眼淚，靜默而無聲的眼淚。

『沒有遺憾了，有你陪他到底，你送完他最後這一程。』

爸爸的太太說，她要我簽名，在遺囑上。

『我太老了，沒有力氣再為他東奔西走的處理這些後事了。』

並且：

『可不可以⋯⋯喊我一聲媽媽？我已經好久⋯⋯沒有被這麼喊過了。』

『多個媽媽也沒關係呀。』

『你這孩子⋯⋯』

好奇怪呀！兩個沒血緣關係的人，結果卻變得如此親近，因為共同愛的人。

走出會場時我看見媽媽就佇立在外頭，於是我向新媽媽道別，然後快步走向我的媽媽。

『呵！你穿西裝的樣子好帥哦！來、走個台步我看看。』

『別鬧了媽媽，既然都來了為什麼不進去呢？』

『我不知道怎麼面對他嘛。』

『哪個他呀？』

『你爸爸呀。』

『……』

『或許還有他太太吧。』

『我們走路回家好不好？』

『很遠喏。』

『沒關係呀。』

走回家的路上——

『媽媽想把房子賣了可以嗎？』

『隨妳呀，反正是妳的房子。』

『就知道你會這麼說，所以我已經賣了。』

『這麼快？為什麼？那妳離婚的話呢？怎麼辦？』

『我不會離婚呀。』
『妳最好是這麼有把握。』
『不結婚哪來的婚離呀。』
『妳不結婚了？』
『BINGO。』
『為什麼？』
媽媽笑而不答，卻說她想直接回台東住了：
『不想參加我的婚禮，也沒必要用這麼激烈的方式拒絕嘛。』
『誰？』
『你爸爸呀。』
『你們該不會是？從來沒結束吧？』
『呵！腿痠了啦，坐計程車吧。』

天哪！

計程車上——
『那你們呢？』
『哪個我們？』

『你一直放在心底的那個女孩呀。』
問得我心都苦了……
『不是說好了我們不能有祕密嗎？』
『妳自己還不是瞞了我這麼久…快三十年了…天哪。』
『呵！所以呢？為什麼半途而廢？』
『半途而廢？妳問的是哪個？』
『你明知道我問的是哪個呀。』
『嘿媽媽，我們去球場坐坐好不好？』
『好呀，不過為什麼？』
『因為妳問的那個…那個女孩、那年沒來。』

妳沒來，妳缺席了我投出未來的那場球賽，而我呢？我缺席了妳的……

回家，已經變成空盪盪了的家。
『妳不會是連我的東西也都已經運回台東了吧？』
『BINGO，而且還仔細的替你把陳年情書都看過了呢。』
『妳真是的。』
『你有看過嗎？那些情書？』

『沒有呀，我不看那種東西的，但妳也沒有必要看吧。』
『哎喲！我就是喜歡讀東西嘛。』
『所以妳把沙發先搬走了，然後留下這一堆書？』
『我知道什麼是必需的呀。』
『我不會今天得睡地板而且還沒被子蓋吧？』
『說到這……』
媽媽遞給我一本書，我不懂她什麼意思。
『整理的時候才看到的，好久囉，不知道是誰寄給你的書，在你出國的那陣子吧，擱著擱著我也就忘了。』
接過包裹，我看著已經泛黃了的寄件人地址，我深呼吸。
是註定嗎？這一再的錯過？註定了我們終究只能錯過嗎？望著這遲到了好久的書，我想反駁、可卻無力感好重。

》第十三章《

之一

無論離的離的有多遠　一份關心永遠在
盼望能聽到你過的開懷
無論過了過了有多久　如果疲倦想回來
你知道我從不曾走開

是從什麼時候開始的呢？只要思緒一有空隙，這首歌就會浮現的腦海、連同對你的記憶；每當那個時候，我總會想起那後的一次見面，你那轉身離去的背影——算了，反正也不關妳的事——你離去的背影，我們一個轉身的距離。

我始終在等你回頭，再看我，再笑說：

『結果我又把妳惹哭啦？』

你沒有勇氣回頭，正如同我沒有勇氣喚你，我的眼淚孤零零的滑落，再沒人收留了。

是我們都太愛自己了？又或者我們其實都害怕？害怕再把心打開來？

害怕再愛、再傷、再痛一次。

害怕。

上台北，到公司，其實沒什麼事、主要目的是領劇本費用，不過不知道為什麼，我還是決定親自跑一趟。

當曉心去忙她的企劃案之後，就剩下我和老巫婆；聊著聊著、我們決定端著咖啡跑到會議室去，在大門的白板上寫下會議中三個字以防止被打擾，然後我們開始純聊天，也不知道是聊到了哪裡，突然的、老巫婆問：

『妳不去幫J送行嗎？』

『別送我，我不想離不開。』

想起了J的話，笑了笑，我說：

『正在幫他送行呀，這裡抬頭應該看的到飛機吧？』

『看的到才有鬼咧。』

『呵。』

『結果妳還給安的不是丈夫，卻是競爭對手。』

『原來妳早知道我們的事呀。』

『傻孩子，我和J都幾十年朋友了，第一次聽他提起妳的時候、我心底就有個準了。』

『因為我知道，妳會是我這輩子最後愛上的女人了。』

『我是不是…很差勁？』

『妳是呀。』

『喂！好歹也假裝考慮一下再回答好咩。』

然後老巫婆開開心心的笑著。

『貓愛上幸福，魚怎會知道。』

突然的、老巫婆說。

『什麼？』

『這劇名如何？我們下一檔要寫的戲。』

『很不錯呀，只是怎麼聽起來好耳熟的感覺？』

『哈，不好意思哦，收下書之後我忙到最近才得空看，不過總算是看完了，妳寫的那本小說。』

『什麼書呀？』

『什麼什麼書呀？』

『他提起一本書，我聽不太懂他在說什麼。』

『想聽聽我的讀後感嗎？』

『如果是不好的，那我可不想聽。』

『好吧，那我就無話可說了。』

『過份。』

『開玩笑的啦，逗逗年輕人真好玩，哈～～』

真是的。

『還算不賴的小說啦，就第一次寫作的人而言，妳寫的時候幾歲？』

『忘了，不過反正比現在年輕。』

『這不是廢話嗎？』

『這是呀。』

『嘖……問妳一個問題。』

『好呀，反正我不一定會回答。』

『魚後來哪去了？我指的是妳筆下的那個男主角。』

『逃跑了，去大聯盟看棒球，看他放棄了的夢想。』

『那貓呢？』

『把自由還給魚呀，他要的生日禮物。』

『差勁，乾脆把魚吃掉算了。』

『貓的嘴巴太小了，吃不下那隻只愛自由的魚。』

『但怎麼在我看來，那隻魚始終存在於貓的體內？』

苦笑。

『幫我個忙，叫那隻傻貓別再等了，籠子那麼溫暖卻蠢到自己放棄。』

『籠子？』

『J呀。』

『呵。』

『魚不懂幸福的。』

『為什麼？』

『因為魚沒有眼淚。』

『為什麼沒有眼淚的魚卻總是把貓惹哭？』

『我倒是想問為什麼總是被惹哭的貓到頭來卻要為了沒有眼淚的魚放棄幸福？』

『因為貓……到頭來還是、只想要魚給的幸福。』

『為什麼？』

因為我早在你開口對我說出第一句話之前，就喜歡你好久了，好久了。

『嘿！訓導主任的女兒。』

這是你開口對我說的第一句話，那時候的我簡直驚訝的不得了——你怎麼會主動對我說話？你真的不知道我？這個鼓起好大勇氣才終於下定決定寫告白信給你的、國中學妹。

你完全沒有記憶？

『哥哥，你會去唸爸爸的那個高中嗎？』

『不會呀，能唸第一志願幹嘛去唸那種私立高中。』

『哦。』

『不過小米會。』

『小米是誰呀？』

『少裝了妳，妳以為我不知道妳幹嘛突然好心的每晚替我送便當哦？怎麼、妳也覺得那傢伙很帥哦？嘖嘖嘖…吾家有女初長成，養在深閨米不知。』

『你很煩耶。』

『要不要我告訴妳小米哪一班的？』

三年二班。誰不知道呀。

『三年二班。』

『那又怎樣。』

『最靠近後門的那個座位，去看了妳就知道，裡頭老是塞滿情書，錯不了的、很好認。』

『跟我講這些幹嘛？』

『還是要我替妳拿情書給他？被你們導師知道她學生跑到那一班去的話，她準會罰妳個十圈青蛙跳。』

『你少在那邊亂講話，唸你的書啦。』

然後我就離開哥哥的房間了，並且在心底默唸著：三年二班，最靠近後門的那個座位……

掙扎了好久，才終於鼓起勇氣下定決心寫下我生平第一封、也是唯一一封的告白信。

那天我起了個大早，戰戰兢兢的來到學校，找到三年二班，像是正要偷竊的小賊那樣，將我的告白信放在最靠近後門那個座裡的抽屜裡。

我驚訝的發現裡頭什麼也沒有、除了一隻鋼筆；然後就我變成了真正的小偷，犯下我生平第一樁罪行。

我偷了那隻鋼筆放在我的書桌上，每晚握著它、想著學校裡的風雲學長，在任何找的到的空白頁上，畫下你的樣子，等著你的回答。

直到鋼筆的墨水用盡、直到你們畢業，我都沒有收到任何的回應。

而至於我在信裡邀請你看的那場電影，在你們的畢業典禮結束那天的那場電影，我則是孤零零的在電影院門口等候，然後憤而離去。

直到我也選擇了爸爸任教的那所高中就讀，直到那天下午你遠遠的對我走來，你笑著說——

『嘿！訓導主任的女兒。』

而我只是在想，最初的那封情書，是否真到了你的手裡？否則你怎麼會不知道我？還問我的名字？

始終沒有問出口的疑問，始終深藏在我心底、以等待的姿態，藏匿。

我的開始我暗戀你，你的開始我假裝不認識你，然後我們的再重逢……曲曲折折的、到了最後卻還是…

『算了，反正也不關妳的事。』

打從最初，我對你的姿態，就是等待。靜默的等待。

『喂！給自己一個期限吧。』

老巫婆的聲音把我的思緒從過往拉回到了現實。

『什麼期限？』

『漫無止境的等待是一種愚蠢，我不喜歡跟蠢蛋工作。』

『好啦。』

我起身，打算離開，而老巫婆見狀又說：

『殺青妳要來喔。』

『我又不是演員、去幹嘛？』

『因為這是妳寫的第一檔戲，妳不能有頭沒尾，而且重點是、我討厭邀請了結果卻被拒絕，那樣我會面子掛不住。』

『好啦，女暴君。』

想了想，我還是很想問問：

『欸…蓉蓉姐，妳覺得幸福是什麼？』

『真是老掉牙的問題。』

『但始終沒有答案哪。』

『God knows.』

『說的也是。』

『大概是這樣吧：想起一個人的時候，嘴角不自主的會帶著笑，幸福。』

『怎麼聽起來好感傷的感覺？』

『為什麼？』

『想起一個人……是因為對方不在身邊了才會想他吧？這樣就算幸福的話、也已經是過去式了呀。』

『幸福又不代表兩個人非得在一起不可。』

『分開了還有幸福的可能嗎？』

『幸福是一種狀態，不是時態。』

『真難懂。』

『沒關係，遲早會懂的。』

最後在離開之前，她又囉嗦了一頓：

『像這種過時了的東西就丟了吧，我的老天爺！妳何不用B.B.CALL算了呢？妳該不會來台北還是坐牛車吧？』

拿起我的經典手機，老巫婆囉囉嗦嗦著。

『拜託！我找了好久才終於又買到這隻手機的耶。』

『妳跟我說妳其實裹小腳我也不會覺得奇怪。』

這女人……

『當面把別人送妳的禮物丟掉、這樣很沒禮貌吧。』

『欠妳的……可不可以讓我還給妳？』

『我知道，我也怕過，在那時候；我放棄了自己，但妳沒有，妳沒放棄我。』

『幹嘛急著走呀?反正飛機也飛走了，不如再留一會、我們等下可以叫他們買晚餐進來。』

『不要了啦，我想出去喝杯咖啡。』

『是呀，只有在咖啡館裡喝到的咖啡才能定義為咖啡。』

『神經病，對了，如果妳是要去上次那家咖啡館的話，那它已經關了哦。』

『關了?什麼時候的事?』

『不曉得，前幾天要去的時候看到的。』

為什麼?

之二

回台北，久違的台北，我第一件做的事情就是去找阿文，久違的阿文，久違的小虎斑。

『嘩！牠長這麼大啦！你怎麼把我的小虎斑養成加菲貓呀？』

『還好啦，可能是酒喝多了的關係吧。』

『你又喝酒囉？』

『牠。』

『喂！拜託你不要餵貓喝酒好不好？』

『哈～～牠愛嘛。』

這王八蛋……

『喂、葬禮…怎麼樣？抱歉哪我沒去，你知道、我一向就不習慣那種場面。』

『沒關係啦，不過倒是挺拉風的葬禮哦，奇怪他之前到底是政客還黑社會呀。』

『在我面前就不用逞強了吧。』

阿文捏了捏我的脖子，酸楚湧上我的鼻頭。

也不知道是過了多久，我們才終於發出聲音：

『你還想回台東嗎？』

『開什麼玩笑？這種時候我哪放心的下你一個人呀？』

『呵，外公咧？他好點沒？』

『好的亂七八糟，一能下床馬上就跑去山上獵山豬，比較要擔心的是你外婆啦，她快給氣死了。』

『真有他的。』

『就是說。』

『阿文……當初那設計師你還找得到他嗎？』

『找得到呀，幹嘛？』

『我想請他重新裝潢酒吧，看膩了，該新陳代謝了。』

『沒問題，包在我身上。』

『整個包在你身上可以嗎？』

『你什麼意思？』

『我想出國一陣子。』

『去哪？』

『去看大聯盟的季後賽呀。』

『你別又來哦。』

『呵，去處理一些我爸留下來的瑣事而已啦，順便看個比賽這類的，雖然曹錦輝和陳金鋒都不會出場，真可惜。』

『會回來嗎？』
『會呀，問這什麼屁話。』
『什麼時候？』
『不知道。』
『哎～～那這樣吧，你起碼答應我，酒吧重新開張的時候要回來哦。』
『冬天吧。』
『哇！那不就《相約在冬季了》。』
然後阿文就唱起《相約在冬季了》，唱的真是夠難聽的了。

『你們為什麼要分手？』
你就是分手的原因還問我為什麼要分手。
『除了讓她難過之外，你還會些什麼？』
他大概……
『別讓你的愛，變成了對她的害。』
才是合適妳的吧……

『想什麼呀？』
『只是突然覺得這個夏天過的好快，但是，才不過上個季節發生的事情，卻感覺已經遙遠的模糊了呀。』

『說到這……你聽說了嗎？』

『聽說什麼？』

『克萊兒把店關了。』

『為什麼？』

『不曉得，我也只是聽說。』

『……』

『去喝杯咖啡吧。』

『嗯？』

『搞不好還來得及。』

『來得及什麼？』

『不曉得，不過我知道，很多關係並非結束，它們只是換成另一種形式。』

很多關係並非結束，它們只是換成另一種形式。

腦子裡想著阿文說的這句話，然後我開始翻閱這本遲來了的書，妳寄來的書。

好奇怪的感覺呀！看到自己的名字出現在書裡、以文字，將那些共同的過往鎖住，那些未完成的幸福、那些深刻過的畫面，都鎖在書裡了——貓愛上幸福，魚怎會知道。

『借我寄放一下好嗎？那些對你暫時還收不回來的感情』

在書的扉頁，妳如此寫道。妳親筆的字跡，使得我手上的這本書，成為世界上獨一無二的珍貴。

想打電話給妳，可我該說些什麼呢？就一個從開始就錯過的女孩，始終錯過的女孩，連錯過也錯過了……

把手機塞入牛仔褲的後口袋，我決定出門走一走透透氣先，因為混亂。

去喝杯咖啡吧，或許還來得及，來得及道別。

雖然我從來就不是一個慣於道別的人。

咖啡館，克萊兒的咖啡館，鐵門已經拉下一半，我彎腰往裡頭探去，還好，克萊兒還在，她就站在櫃檯裡做著最後的收拾。

『克萊兒！』

『小米？』

『等一下喔！妳等我一下。』

我跑到最近的便店買了兩罐星巴克的咖啡，再回來，彎腰，我走向櫃檯。

兩個人，兩罐咖啡，一分離別。

『我一直就想在禁帶外食的咖啡館裡喝自己買來的咖啡。』

『你哦……』

克萊兒笑著說，但卻沒有想要喝的意思。

『該不會是這裡依舊禁帶外食吧？』

『不是啦，我只是最近在戒咖啡而已。』

『為什麼？』

『預防骨質疏鬆呀，呵！年紀畢竟是有一點了嘛。』

『我明年就三十歲了小米！我真的好想有你的孩子，我們的孩子。』

當時灼熱的感覺，此時彷彿又印上了我的臉頰。

『為什麼要收起來呢？這咖啡館是妳的心血不是嗎？』

『總覺得…累了嘛，被它困住太久了。』

『接下來有什麼打算？』

『出國遊學，搞不好唸唸個研究所的，雖然都這把年紀了。』

『打算去哪？』

『紐約吧。』

『這麼巧？』

『怎麼說？』

『我也要去紐約一趟，就這幾天。』

『去？』

『處理一些事情，順便看大聯盟的季後賽，會待一陣子吧，不曉得。』

『那到時候就麻煩你照顧囉。』

『沒問題呀。』

沒問題呀，我說；然而我們都心知肚明的是：沒可能的，畢竟……有些事情，我們自己就是會知道。

『這陣子忙什麼？都沒見你在家？』

我狐疑的望著克萊兒，結果她閃礫著眼，最終還是決定據實以告：

『偶爾我經過你的公寓，都沒看到你的車。』

『妳怎麼會經過我的公寓？』

問錯話了我，氣氛就這麼被我弄擰了，沒辦法，我只好改口道：

『這陣子一缸子事忙呀。』

『忙什麼？方便問嗎？』

『忙著出國處理一些事情，順便看看大聯盟的季後賽。』

『怎麼突然的想出國？』

『我爸爸…過去了，肝癌，有些東西得親自跑一趟處理。』
『很遺憾……』
『還好啦，其實，陪他走完最後一程，也算是……』
『需要一個擁抱嗎？』
『如果妳不嫌棄的話。』

克萊兒於是走出櫃檯，擁抱。不太熟悉的擁抱，我狐疑的望著她微微隆起的下腹：
『妳是不是？』
『討厭，我真的該減肥了啦。』
『妳是不是有了？』
『好丟臉哦，才兩個月居然就被看出來了。』
兩個月？
『放心啦，才兩個月、不是你的。』
克萊兒笑著，又說：
『拜託，我變心的速度可不比你慢哦。』
『我認識嗎？孩子的爸。』
想了想，克萊兒才說：
『不認識。』

望著她眼底一閃而過的異樣神情，我不知道該不該再追問。

然而克萊兒倒是以行動來表示這話題的該結束，她吃力的提起紙箱，見狀我連忙幫她：

『我來吧。』

『那就謝謝囉。』

並肩，我們走出咖啡館，在拉下鐵門的時候，站在一旁的克萊兒終於還是問了：

『你們好嗎？你和她。』

我僵住，背對著克萊兒，我不知道該怎麼回答，只好含糊的說：

『一言難盡。』

『一言難盡？』

『是你不要的，為什麼還要回頭找？』

『我們只是因為當時都太年輕了。』

『但是太晚了，太晚了。』

『我真的不想再放棄一次。』

『那好吧，拿著，你在找這個不是？』

『你們沒在一起？』

『嗯。』

『為什麼？』

『很難解釋。』

『天哪！我好生氣！』

我不解的望著突然激動的克萊兒。

『你為了她和我分手，但結果卻還是沒在一起？她不要你回頭嗎？還是你從頭到尾都只是在耍我？』

『我……不知道。』

『那我算什麼？我這麼痛苦的失去你，每天每天都否定自己，結果你告訴我你不知道？』

『我想是……錯過了、就真的只是錯過了吧？』

『好，那我告訴你，我——』

克萊兒倏地打住，順著她的視線望去，我看見妳，就看著我們，以及、盯著克萊兒的下腹。

》第十四章《

之一

咖啡館，你，還有你的……女友？

三個人的沉默；沒有人開口打破這窒人的沉默，沒有人知道該怎麼辦。

感覺像是過了一個世紀那麼久的時間，我轉身，離開。

『晴晴！』

不理你，我逕自走。

『妳是不是誤會什麼了？』

『你從頭到尾都只是在耍我是不是！』

倏地停下腳步，我氣得把包包摔往你的臉，接著掉頭走人，索性就是連整個包包都不想要了，我快速的走著，直到你的聲音在我身後響起：

『妳從一開始就錯了，國中時候我的座位不是在最靠近門。』

我有點僵住，但仍舊不肯停下腳步。

『十年後妳還是錯了，不是我搞大的，那肚子。』

『干我屁事。』

『哇哇哇！訓導主任的女兒說粗話。』
我停下腳步，不過仍然憤怒。
『你不是說要打電話給我？』
『我不敢。』
『你最好是他媽的不敢！你不是小米嗎？』
『那條魚沒有妳以為的勇敢，如果在守喪的時候，還要聽到最愛的女孩問：你們為什麼要分手呢？你是不是誤會什麼了？我根本沒有想要和你重新來過的意思呀——魚其實是有眼淚的，只是因為魚在水裡，所以看不見而已。』

愛？
『你剛是不是說溜嘴了？』
『貓愛上幸福，魚怎麼會知道，我收到書了，在遲到了三年以後，感謝我脫線的媽媽。』
『我說的是，我剛怎麼聽到你說『最愛的女孩』？』
『難怪我怎麼覺得好像快要暴斃了。』
於是我走進你的懷裡，墊起腳尖，替你人工吸呼，很不專業的那種。
再重逢，是緣份未了，是愛情未滿，是因為心動的痕跡，始終未曾遠離。
凝望著你眼底的我的倒影，我看見，未來，在我們的眼前展開。

之二

關於那本書，那場電影，那封情書，那些錯過……

那場電影，當年女主角邀請那個男孩看的那場電影，在他畢業典禮的那天下午，那個男孩其實有去。

雖然男孩並沒有收到情書。

『居然有人寫情書給你耶。』

那天早上，當我才到班上時，就聽見他們的喧鬧，那個已經忘記長相的男生、就坐在最靠近後門座位的那個男生，得意洋洋的展示著被擺在他抽屜裡的情書。

『可是上頭沒寫是給誰的呀。』

『反正擺在我的抽屜裡就是給我的啦。』

『也沒具名，是不是惡作劇呀？』

『這一看就知道是女生的筆跡呀。』

『囉嗦！去了就知道是誰寫的了啦。』

我插嘴，於是被起鬨畢業典禮的下午和他們一起去看電影。

沒具名的神祕女孩在約定的時間準時出現，而當時我就坐在電影院對面的喫茶店裡，在靠窗的位子上，看著這一切的前後經過。

他們發現了妳，於是嘻嘻哈哈的走向妳，我不知道他們說了些什麼，但妳的表情看起來很不高興的樣子，妳搖搖頭，然後快步跑開。

某個高材生的妹妹，國一的學妹，寫了告白情書並且準時赴約，卻又全盤否認並且逃跑的彆扭女孩，這就是當時的我對於當時的妳的所有認識了。

直到再見面，在高中，當我第一眼看到妳時，我就認出妳了，這個見過一面、卻始終不知道名字的學妹——

『嘿！訓導主任的女兒。』

再重逢，是緣份未了，是愛情未滿，是因為心動的痕跡，始終未曾遠離。

凝望著你眼底的我的倒影，我看見，未來，在我們的眼前展開。

The end

國家圖書館出版品預行編目資料

貓愛上幸福 魚怎會知道／橘子著. --初版，
臺北市：春天出版國際，2006［民95］
-- 面； 公分. --（橘子作品；6）
ISBN 986-7135-38-5（平裝）
857.7 95006246

橘子作品 06
貓愛上幸福 魚怎會知道

作　　者◎橘子
企劃主編◎莊宜勳
封面設計◎小美@永真急制Workshop
內文編排◎陳偉哲

發 行 人◎蘇彥誠
出 版 者◎春天出版國際文化有限公司
地　　址◎台北市信義路四段458號3樓
電　　話◎02-7718-0898
傳　　真◎02-7718-2388
E-mail◎frank.spring@msa.hinet.net
郵政帳號◎19705538
戶　　名◎春天出版國際文化有限公司
法律顧問◎蕭顯忠律師事務所
出版日期◎二〇〇六年五月初版一刷
◎二〇一三年四月初版七十三刷
定　　價◎180元

總經銷◎楨德圖書事業有限公司
地 址◎新北市新店區復興路45號3樓
電 話◎02-2219-2839
傳 真◎02-8667-2510
印刷所◎鴻霖印刷傳媒股份有限公司

ISBN：986-7135-38-5
Printed in Taiwan